Friedrich Schiller

Der Verbrecher aus verlorener Ehre

Studienausgabe

Herausgegeben von
Alexander Košenina

Reclam

RECLAMS UNIVERSAL-BIBLIOTHEK Nr. 19184

Gestaltung: Cornelia Feyll, Friedrich Forssman
Gesamtherstellung: Reclam, Ditzingen. Printed in Germany 2015
RECLAM, UNIVERSAL-BIBLIOTHEK und
RECLAMS UNIVERSAL-BIBLIOTHEK sind eingetragene Marken
der Philipp Reclam jun. GmbH & Co. KG, Stuttgart
ISBN 978-3-15-019184-2

Auch als E-Book erhältlich

www.reclam.de

Schiller | Der Verbrecher aus verlorener Ehre

Inhalt

Der Verbrecher aus verlorener Ehre
Eine wahre Geschichte

Annalen = bildungssprachliches Pluralwort für chronologische Aufzeichnungen wichtiger Begebenheiten u. Ereignisse eines Jahres

analog = ähnlich, vergleichbar, entsprechend

Linnäus = schwedischer Naturforscher, stellte ein System für alle 3 Naturreiche auf + begründet neue Epoche

merkwürdig = denkwürdig
gemein = einfach
Verstand = Sinn

Borgia = Sohn v. Papst, Ungeheuer an Falschheit, Grausamkeit + Sinnlichkeit †1507

usurpation = unerlaubte Ausübung eines uns nicht zuständigen Rechtes, Anmaßung

Hohn = Verachtung
verabsäumen = etw. was man tun muss, unterlassen

In der ganzen Geschichte des Menschen ist kein Kapitel unterrichtender für Herz und Geist, als die Annalen seiner Verirrungen. Bey jedem großen Verbrechen war eine verhältnißmäßig große Kraft in Bewegung. Wenn sich das geheime Spiel der Begehrungskraft bey dem matteren Licht gewöhnlicher Affekte versteckt, so wird es im Zustand gewaltsamer Leidenschaft desto hervorspringender, kolossalischer, lauter; der feinere Menschenforscher, welcher weiß, wie viel man auf die Mechanik der gewöhnlichen Willensfreyheit eigentlich rechnen darf, und wie weit es erlaubt ist, analogisch zu schließen, wird manche Erfahrung aus diesem Gebiete in seine Seelenlehre herübertragen, und für das sittliche Leben verarbeiten.

Es ist etwas so einförmiges, und doch wieder so zusammengeseztes, das menschliche Herz. Eine und eben dieselbe Fertigkeit oder Begierde kann in tausenderley Formen und Richtungen spielen, kann tausend widersprechende Phänomene bewirken, kann in tausend Karakteren anders gemischt erscheinen, und tausend ungleiche Karaktere und Handlungen können wieder aus einerley Neigung gesponnen seyn, wenn auch der Mensch, von welchem die Rede ist, nichts weniger denn eine solche Verwandtschaft ahndet. Stünde einmal, wie für die übrigen Reiche der Natur, auch für das Menschengeschlecht, ein Linnäus auf, welcher nach Trieben und Neigungen klaßifizierte, wie sehr würde man erstaunen, wenn man so manchen, dessen Laster in einer engen bürgerlichen Sphäre, und in der schmalen Umzäunung der Gesetze jezt ersticken muß, mit dem Ungeheuer Borgia in einer Ordnung beysammen fände.

Von dieser Seite betrachtet, läßt sich manches gegen die gewöhnliche Behandlung der Geschichte einwenden, und hier, vermuthe ich, liegt auch die Schwierigkeit, warum das Studium derselben für das bürgerliche Leben noch immer so fruchtlos geblieben. Zwischen der heftigen Gemüthsbewegung des handelnden Menschen, und der ruhigen Stimmung des Lesers, welchem diese Handlung vorgelegt wird, herrscht ein so widriger Kontrast, liegt ein so breiter Zwischenraum, daß es dem leztern schwer, ja unmöglich wird, einen Zusammenhang nur zu ahnden. Es bleibt eine Lücke zwischen dem historischen Subjekt und dem Leser, die alle Möglichkeit einer Vergleichung oder Anwendung abschneidet, und statt jenes heilsamen Schreckens, der die stolze Gesundheit warnet, ein Kopfschütteln der Befremdung erweckt. Wir sehen den Unglücklichen, der doch in eben der Stunde, wo er die That beging, so wie in der, wo er dafür büßet, Mensch war wie wir, für ein Geschöpf fremder Gattung an, dessen Blut anders umläuft, als das unsrige, dessen Wille andern Regeln gehorcht, als der unsrige; seine Schicksale rühren uns wenig, denn Rührung gründet sich ja nur auf ein dunkles Bewußtseyn ähnlicher Gefahr, und wir sind weit entfernt, eine solche Aehnlichkeit auch nur zu träumen. Die Belehrung geht mit der Beziehung verloren, und die Geschichte, anstatt eine Schule der Bildung zu seyn, muß sich mit einem armseligen Verdienste um unsre Neugier begnügen. Soll sie uns mehr seyn und ihren großen Endzweck erreichen, so muß sie nothwendig unter diesen beyden Methoden wählen – Entweder der Leser muß warm werden wie der Held, oder der Held wie der Leser erkalten.

Ich weiß, daß von den besten Geschichtschreibern neuerer Zeit und des Alterthums manche sich an die erste Methode gehalten, und das Herz ihres Lesers durch hinreißenden Vortrag bestochen haben. Aber diese Manier ist eine Usurpation des Schriftstellers und beleidigt die republikanische Freyheit des lesenden Publikums, dem es zukömmt, selbst zu Gericht zu sitzen; sie ist zugleich eine Verletzung der Gränzengerechtigkeit, denn diese Methode gehört ausschließend und eigenthümlich dem Redner und Dichter. Dem Geschichtschreiber bleibt nur die leztere übrig.

Der Held muß kalt werden wie der Leser, oder, was hier eben so viel sagt, wir müssen mit ihm bekannt werden, eh' er handelt, wir müssen ihn seine Handlung nicht bloß *vollbringen*, sondern auch *wollen* sehen. An seinen Gedanken liegt uns unendlich mehr, als an seinen Thaten, und noch weit mehr an den Quellen seiner Gedanken, als an den Folgen jener Thaten. Man hat das Erdreich des Vesuvs untersucht, sich die Entstehung seines Brandes zu erklären, warum schenkt man einer moralischen Erscheinung weniger Aufmerksamkeit als einer physischen? Warum achtet man nicht in eben dem Grade auf die Beschaffenheit und Stellung der Dinge, welche einen solchen Menschen umgaben, bis der gesammelte Zunder in seinem inwendigen Feuer fing? Den Träumer, der das Wunderbare liebt, reizt eben das seltsame und abentheuerliche einer solchen Erscheinung; der Freund der Wahrheit sucht eine Mutter zu diesen verlorenen Kindern. Er sucht sie in der *unveränderlichen* Struktur der menschlichen Seele, und in den *veränderlichen* Bedingungen, welche sie von außen bestimmten, und in diesen beyden findet er sie gewiß. Ihn überrascht es nun nicht mehr, in dem nämlichen Beete, wo sonst überall heilsame Kräuter blühen, auch den giftigen Schierling gedeihen zu sehen, Weisheit und Thorheit, Laster und Tugend in *einer* Wiege beysammen zu finden.

Wenn ich auch keinen der Vortheile hier in Anschlag bringe, welche die Seelenkunde aus einer solchen Behandlungsart der Geschichte zieht, so behält sie schon allein darum den Vorzug, weil sie den grausamen Hohn und die stolze Sicherheit ausrottet, womit gemeiniglich die ungeprüfte aufrechtstehende Tugend auf die gefallne herunterblickt, weil sie den sanften Geist der Duldung verbreitet, ohne welchen kein

Flüchtling zurückkehrt, keine Aussöhnung des Gesetzes mit seinem Beleidiger statt findet, kein angestecktes Glied der Gesellschaft von dem gänzlichen Brande gerettet wird.

Ob der Verbrecher, von dem ich jezt sprechen werde, auch noch ein Recht gehabt hätte, an jenen Geist der Duldung zu appelliren? ob er wirklich ohne Rettung für den Körper des Staats verloren war? – Ich will dem Ausspruch des Lesers nicht vorgreifen. Unsre Gelindigkeit fruchtet ihm nichts mehr, denn er starb durch des Henkers Hand – aber die Leichenöffnung seines Lasters unterrichtet vielleicht die Menschheit, und – es ist möglich, auch die Gerechtigkeit.

Christian Wolf war der Sohn eines Gastwirths in einer ...schen Landstadt (deren Namen man, aus Gründen, die sich in der Folge aufklären, verschweigen muß) und half seiner Mutter, denn der Vater war todt, bis in sein zwanzigstes Jahr die Wirthschaft besorgen. Die Wirthschaft war schlecht, und Wolf hatte müßige Stunden. Schon von der Schule her war er für einen losen Buben bekannt. Erwachsene Mädchen führten Klagen über seine Frechheit, und die Jungen des Städtchens huldigten seinem erfinderischen Kopfe. Die Natur hatte seinen Körper verabsäumt. Eine kleine unscheinbare Figur, kraußes Haar von einer unangenehmen Schwärze, eine plattgedrückte Nase und eine geschwollene Oberlippe, welche noch überdies durch den Schlag eines Pferdes aus ihrer Richtung gewichen war, gaben seinem Anblick eine Widrigkeit, welche alle Weiber von ihm zurückscheuchte, und dem Witz seiner Kameraden eine reichliche Nahrung darbot.

Er wollte ertrotzen, was ihm verweigert war; weil er mißfiel, sezte er sich vor, zu gefallen. Er war sinnlich, und beredete sich, daß er liebe. Das Mädchen, das er wählte, mißhandelte ihn, er hatte Ursache zu fürchten, daß seine Nebenbuhler glücklicher wären; doch das Mädchen war arm. Ein Herz, das seinen Betheurungen verschlossen blieb, öffnete sich vielleicht seinen

Geschenken, aber ihn selbst drückte Mangel, und der eitle Versuch, seine Außenseite geltend zu machen, verschlang noch das wenige, was er durch eine schlechte Wirthschaft erwarb. Zu bequem und zu unwissend, seinem zerrütteten Hauswesen durch Spekulation aufzuhelfen, zu stolz, auch zu weichlich, den Herrn, der er bisher gewesen war, mit dem Bauer zu vertauschen, und seiner angebeteten Freyheit zu entsagen, sah er nur einen Ausweg vor sich – den tausende vor ihm und nach ihm mit besserem Glücke ergriffen haben – den Ausweg, *honett zu stehlen*. Seine Vaterstadt gränzte an eine landesherrliche Waldung, er wurde Wilddieb, und der Ertrag seines Raubes wanderte treulich in die Hände seiner Geliebten.

Unter den Liebhabern Hannchens war *Robert*, ein Jägerpursche des Försters. Frühzeitig merkte dieser den Vortheil, den die Freygebigkeit seines Nebenbuhlers über ihn gewonnen hatte, und mit Scheelsucht forschte er nach den Quellen dieser Veränderung. Er zeigte sich fleißiger in der *Sonne* – dieß war das Schild zu dem Wirthshaus – sein laurendes Auge von Eifersucht und Neide geschärft, entdeckte ihm bald, woher dieses Geld floß. Nicht lange vorher war ein strenges Edikt gegen die Wildschützen erneuert worden, welches den Uebertreter zum Zuchthaus verdammte. Robert war unermüdet, die geheimen Gänge seines Feindes zu beschleichen, endlich gelang es ihm auch, den Unbesonnenen über der That zu ergreifen. Wolf wurde eingezogen, und nur mit Aufopferung seines ganzen kleinen Vermögens brachte er es mühsam dahin, die zuerkannte Strafe durch eine Geldbuße abzuwenden.

Robert triumphirte. Sein Nebenbuhler war aus dem Felde geschlagen, und Hannchens Gunst für den Bettler verloren. Wolf kannte seinen Feind, und dieser Feind war der glückliche Besitzer seiner Johanne. Drückendes Gefühl des Mangels gesellte sich zu beleidigtem Stolze, Noth und Eifersucht stürmen vereinigt auf seine Empfindlichkeit ein, der Hunger treibt ihn hinaus in die weite Welt, Rache und Leidenschaft halten ihn fest. Er wird zum zweytenmal Wilddieb; aber Roberts verdoppelte Wachsamkeit überlistet ihn zum zweitenmal wieder. Jezt erfährt er die ganze Schärfe des Gesetzes: denn er hat nichts mehr zu geben, und in wenigen Wochen wird er in das Zuchthaus der Residenz abgeliefert.

Das Strafjahr war überstanden, seine Leidenschaft durch die Entfernung gewachsen, und sein Trotz unter dem Gewicht des Unglücks gestiegen. Kaum erlangt er die Freyheit, so eilt er nach seinem Geburtsort, sich seiner Johanne zu zeigen. Er erscheint: man flieht ihn. Die dringende Noth hat endlich seinen Hochmuth gebeugt, und seine Weichlichkeit überwunden – er bietet sich den Reichen des Orts an, und will für den Taglohn dienen. Der Bauer zuckt über den schwachen Zärtling die Achsel; der derbe Knochenbau seines handvesten Mitbewerbers sticht ihn bey diesem fühllosen Gönner aus. Er wagt einen lezten Versuch. Ein Amt ist noch ledig, der äußerste verlorne Posten des ehrlichen Namens – er meldet sich zum Hirten des Städtchens, aber der Bauer will seine Schweine keinem Taugenichts anvertrauen. In allen Entwürfen getäuscht, an allen Orten zurück gewiesen, wird er zum drittenmal Wilddieb, und zum drittenmal trift ihn das Unglück, seinem wachsamen Feind in die Hände zu fallen.

Der doppelte Rückfall hatte seine Verschuldung erschwert. Die Richter sahen in das Buch der Gesetze, aber nicht einer in die Gemüthsfassung des Beklagten. Das Mandat gegen die Wilddiebe bedurfte einer solennen und exemplarischen Genugthuung, und Wolf ward verurtheilt, das Zeichen des Galgens auf den Rücken gebrannt, drey Jahre auf der Vestung zu arbeiten.

Auch diese Periode verlief, und er ging von der Vestung – aber ganz anders, als er dahin gekommen war. Hier fängt eine neue Epoche in seinem Leben an; man höre ihn selbst, wie er nachher gegen seinen geistlichen Beystand, und vor Gerichte bekannt hat. »Ich betrat die Vestung«, sagte er, »als ein Verirrter, und verließ sie als ein Lotterbube. Ich hatte noch etwas in der Welt gehabt das mir theuer war, und mein Stolz krümmte sich unter der Schande. Wie ich auf die Vestung gebracht war, sperrte man mich zu drey und zwanzig Gefangenen ein, unter denen zwey Mörder, und die übrigen alle berüchtigte Diebe und Vagabunden waren. Man verhöhnte mich, wenn ich von Gott sprach, und sezte mir zu, schändliche Lästerungen gegen den Erlöser zu sagen. Man sang mir Hurenlieder vor, die ich, ein lüderlicher Bube, nicht ohne Ekel und Entsetzen hörte, aber was ich ausüben sah, empörte meine Schamhaftigkeit noch mehr. Kein Tag verging, wo nicht irgend ein schändlicher Lebenslauf wiederholt, irgend ein schlimmer Anschlag geschmiedet ward. Anfangs floh ich dieses Volk, und verkroch mich vor ihren Gesprächen, so gut mirs möglich war, aber ich brauchte ein Geschöpf, und die Barbarey meiner Wächter hatte mir auch meinen Hund abgeschlagen. Die Arbeit war hart und tyrannisch, mein Körper kränklich, ich brauchte Beystand, und wenn ichs aufrichtig sagen soll, ich brauchte Bedaurung, und diese mußte ich mit dem lezten Ueberrest meines Gewissens erkaufen. So gewöhnte ich mich endlich an das abscheulichste, und im lezten Vierteljahr hatte ich meine Lehrmeister übertroffen.«

»Von jezt an lechzte ich nach dem Tag meiner Freyheit, wie ich nach Rache lechzte. Alle Menschen hatten mich beleidigt, denn alle waren besser und glücklicher als ich. Ich betrachtete mich als den Märtirer des natürlichen Rechts, und als ein Schlachtopfer der Gesetze. Zähneknirschend rieb ich meine Ketten, wenn die Sonne hinter meinem Vestungsberg heraufkam; eine weite Aussicht ist zwiefache Hölle für einen Gefangenen. Der freye Zugwind, der durch die Luftlöcher meines Thurmes pfeifte, und die Schwalbe, die sich auf dem eisernen

Stab meines Gitters niederließ, schienen mich mit ihrer Freyheit zu necken, und machten mir meine Gefangenschaft desto gräßlicher. Damals gelobte ich unversöhnlichen glühenden Haß allem was dem Menschen gleicht, und was ich gelobte, hab ich redlich gehalten.«

»Mein erster Gedanke, sobald ich mich frey sah, war meine Vaterstadt. So wenig auch für meinen künftigen Unterhalt da zu hoffen war, so viel versprach sich mein Hunger nach Rache. Mein Herz klopfte wilder, als der Kirchthurm von weitem aus dem Gehölze stieg. Es war nicht mehr das herzliche Wohlbehagen, wie ichs bey meiner ersten Wallfahrt empfunden hatte. – Das Andenken alles Ungemachs, aller Verfolgungen, die ich dort einst erlitten hatte, erwachte mit einemmal aus einem schrecklichen Todesschlaf, alle Wunden bluteten wieder, alle Narben gingen auf. Ich verdoppelte meine Schritte, denn es erquickte mich im voraus, meine Feinde durch meinen plözlichen Anblick in Schrecken zu setzen, und ich dürstete jezt eben so sehr nach neuer Erniedrigung, als ich ehemals davor gezittert hatte.«

»Die Glocken läuteten zur Vesper, als ich mitten auf dem Markte stand. Die Gemeine wimmelte zur Kirche. Man erkannte mich schnell, jedermann der mir aufstieß, trat scheu zurück. Ich hatte von jeher die kleinen Kinder sehr lieb gehabt, und auch jezt übermannte michs unwillkührlich, daß ich einem Knaben, der neben mir vorbey hüpfte, einen Groschen bot. Der Knabe sah mich einen Augenblick starr an, und warf mir den Groschen ins Gesicht. Wäre mein Blut nur etwas ruhiger gewesen, so hätte ich mich erinnert, daß der Bart, den ich noch von der Vestung mitbrachte, meine Gesichtszüge bis zum gräßlichen entstellte – aber mein böses Herz hatte meine Vernunft angesteckt. Thränen, wie ich sie nie geweint hatte, liefen über meine Backen.«

»›Der Knabe weiß nicht wer ich bin noch woher ich komme‹,

sagte ich halb laut zu mir selbst, ›und doch meidet er mich, wie ein schändliches Thier. Bin ich denn irgendwo auf der Stirne gezeichnet, oder habe ich aufgehört, einem Menschen ähnlich zu sehen, weil ich fühle, daß ich keinen mehr lieben kann?‹ – Die Verachtung dieses Knaben schmerzte mich bitterer, als dreijähriger Galliottendienst, denn ich hatte ihm Gutes gethan, und konnte i h n keines persönlichen Hasses beschuldigen.«

»Ich sezte mich auf einen Zimmerplatz, der Kirche gegenüber; was ich eigentlich wollte, weiß ich nicht; doch ich weiß noch, daß ich mit Erbitterung aufstand, als von allen meinen vorübergehenden Bekannten keiner mich nur eines Grusses gewürdigt hatte, auch nicht einer. Unwillig verließ ich meinen Standort, eine Herberge aufzusuchen; als ich an der Ecke einer Gasse umlenkte, rannte ich gegen meine Johanne. ›Sonnenwirth!‹ schrie sie laut auf, und machte eine Bewegung mich zu umarmen. ›Du wieder da, lieber Sonnenwirth! Gott sey Dank, daß du wieder kömmst!‹ Hunger und Elend sprach aus ihrer Bedeckung, eine schändliche Krankheit aus ihrem Gesichte, ihr Anblick verkündigte die verworfenste Kreatur, zu der sie erniedrigt war. Ich ahndete schnell, was hier geschehen seyn möchte; einige fürstliche Dragoner, die mir eben begegnet waren, ließen mich errathen, daß Garnison in dem Städtchen lag. ›Soldatendirne!‹ rief ich, und drehte ihr lachend den Rücken zu. Es that mir wohl, daß noch e i n Geschöpf u n t e r mir war im Rang der Lebendigen. Ich hatte sie niemals geliebt.«

»Meine Mutter war todt. Mit meinem kleinen Hause hatten sich meine Kreditoren bezahlt gemacht. Ich hatte niemand und nichts mehr. Alle Welt floh mich wie einen Giftigen, aber ich hatte endlich verlernt, mich zu schämen. Vorher hatte ich mich dem Anblick der Menschen entzogen, weil Verachtung mir unerträglich war. Jezt drang ich mich auf, und ergözte mich, sie zu verscheuchen. Es war mir wohl, weil ich nichts mehr zu verlieren, und nichts mehr zu hüten hatte. Ich brauchte keine gute Eigenschaft mehr, weil man keine mehr bey mir vermuthete.«

»Die ganze Welt stand mir offen, ich hätte vielleicht in einer fremden Provinz für einen ehrlichen Mann gegolten, aber ich hatte den Muth verloren, es auch nur zu scheinen. Verzweiflung und Schande hatten mir endlich diese Sinnesart aufgezwungen. Es war die lezte Ausflucht, die mir übrig war, die *Ehre* entbehren zu lernen, weil ich an keine mehr Anspruch machen durfte. Hätten meine Eitelkeit und mein Stolz meine Erniedrigung erlebt, so hätte ich mich selber entleiben müssen.«

»Was ich nunmehr eigentlich beschlossen hatte, war mir selber noch unbekannt. Ich wollte Böses thun, soviel erinnere ich mich noch dunkel. Ich wollte mein Schicksal verdienen. Die Gesetze, meinte ich, wären Wohlthaten für die Welt, also faßte ich den Vorsatz, sie zu verletzen; ehemals hatte ich aus *Nothwendigkeit* und *Leichtsinn* gesündigt, jezt that ichs aus freyer Wahl zu meinem Vergnügen.«

»Mein erstes war, daß ich mein Wildschießen fortsezte. Die Jagd überhaupt war mir nach und nach zur Leidenschaft geworden, und außerdem mußte ich ja leben. Aber dieß war es nicht allein; es kitzelte mich, das fürstliche Edikt zu verhöhnen und meinem Landesherrn nach allen Kräften zu schaden. Ergriffen zu werden, besorgte ich nicht mehr, denn jezt hatte ich eine Kugel für meinen Entdecker bereit, und das wußte ich, daß mein Schuß seinen Mann nicht fehlte. Ich erlegte alles Wild das mir aufstieß, nur weniges machte ich auf der Gränze zu Gelde, das meiste ließ ich verwesen. Ich lebte kümmerlich, um nur den Aufwand an Bley und Pulver zu bestreiten. Meine Verheerungen in der großen Jagd wurden ruchtbar, aber mich drückte kein Verdacht mehr. Mein Anblick löschte ihn aus. Mein Name war vergessen.«

»Diese Lebensart trieb ich mehrere Monate. Eines Morgens hatte ich nach meiner Gewohnheit das Holz durchstrichen, die Fährte eines Hirsches zu verfolgen. Zwey Stunden hatte ich mich vergeblich ermüdet, und schon fing ich an, meine Beute verloren zu geben, als ich sie auf einmal in schußgerechter Entfernung entdecke. Ich will anschlagen und abdrücken – aber plözlich erschreckt mich der Anblick eines Hutes, der wenige Schritte vor mir auf der Erde liegt. Ich forsche genauer, und erkenne den Jäger Robert, der hinter dem dicken Stamm einer Eiche auf eben das Wild anschlägt, dem ich den Schuß bestimmt hatte. Eine tödtliche Kälte fährt bey diesem Anblick durch meine Gebeine. Just das war der Mensch, den ich unter allen lebendigen Dingen am gräßlichsten haßte, und dieser Mensch war in die Gewalt meiner Kugel gegeben. In diesem Augenblick dünkte michs, als ob die ganze Welt in meinem Flintenschuß läge, und der Haß meines ganzen Lebens in die einzige Fingerspitze sich zusammendrängte, womit ich den mördrischen Druck thun sollte. Eine unsichtbare fürchterliche Hand schwebte über mir, der Stundenweiser meines Schicksals zeigte unwiderruflich auf diese schwarze Minute. Der Arm zitterte mir, da ich meiner Flinte die schreckliche Wahl erlaubte – meine Zähne schlugen zusammen wie im Fieberfrost, und der Odem sperrte sich erstickend in meiner Lunge. Eine Minute lang blieb der Lauf meiner Flinte ungewiß zwischen dem Menschen und dem Hirsch mitten inne schwanken – eine Minute – und noch eine – und wieder eine. Rache und Gewissen rangen hartnäckig und zweifelhaft, aber die Rache gewanns, und der Jäger lag todt am Boden.«

»Mein Gewehr fiel mit dem Schuße ..... ›M ö r d e r‹ ... stammelte ich langsam – der Wald war still wie ein Kirchhof – ich hörte deutlich, daß ich M ö r d e r sagte. Als ich näher schlich, starb der Mann. Lange stand ich sprachlos vor dem Todten, ein helles Gelächter endlich machte mir Luft. ›Wirst du jezt reinen Mund halten, guter Freund!‹ sagte ich, und trat keck hin, indem ich zugleich das Gesicht des Ermordeten auswärts kehrte. Die Augen standen ihm weit auf. Ich wurde ernsthaft, und schwieg plözlich wieder stille. Es fing mir an, seltsam zu werden.«

»Bis hieher hatte ich auf Rechnung meiner Schande gefrevelt, jezt war etwas geschehen, wofür ich noch nicht gebüßt hatte. Eine Stunde vorher, glaube ich, hätte mich kein Mensch überredet, daß es noch etwas schlechteres, als mich, unter dem Himmel gebe; jezt fing ich an zu muthmaßen, daß ich vor einer Stunde wohl gar zu beneiden war.«

»Gottes Gerichte fielen mir nicht ein – wohl aber eine, ich weiß nicht welche? verwirrte Erinnerung an Strang und Schwerdt, und die Exekution einer Kindermörderin, die ich als Schuljunge mit angesehen hatte. Etwas ganz besonders schreckbares lag für mich in dem Gedanken, daß von jezt an mein Leben verwirkt sey. Auf mehreres besinne ich mich nicht mehr. Ich wünschte gleich darauf, daß er noch lebte. Ich that mir Gewalt an, mich lebhaft an alles Böse zu erinnern, das mir der Todte im Leben zugefügt hatte, aber sonderbar! mein Gedächtniß war wie ausgestorben. Ich konnte nichts mehr von alle dem hervorrufen, was mich vor einer Viertelstunde zum Rasen gebracht hatte. Ich begriff gar nicht, wie ich zu dieser Mordthat gekommen war.«

»Noch stand ich vor der Leiche, noch immer. Das Knallen einiger Peitschen, und das Geknarre von Frachtwagen, die durchs Holz fuhren, brachte mich zu mir selbst. Es war kaum eine Viertelmeile abseits der Heerstraße, wo die That geschehen war. Ich mußte auf meine Sicherheit denken.«

»Unwillkührlich verlor ich mich tiefer in den Wald. Auf dem Wege fiel mir ein, daß der Entleibte sonst eine Taschenuhr besessen hätte. Ich brauchte Geld, um die Gränze zu erreichen – und doch fehlte mir der Muth, nach dem Platz umzuwenden, wo der Todte lag. Hier erschreckte mich ein Gedanke an den Teufel, und eine Allgegenwart Gottes. Ich rafte meine ganze Kühnheit zusammen; entschlossen, es mit der ganzen Hölle aufzunehmen, ging ich nach der Stelle zurück. Ich fand, was ich erwartet hatte, und in einer grünen Börse noch etwas weniges über einen Thaler an Gelde. Eben da ich beydes zu mir stecken wollte, hielt ich plözlich ein, und überlegte. Es war keine Anwandlung von Scham, auch nicht Furcht, mein Verbrechen durch Plünderung zu vergrößern – Trotz, glaube ich, war es, daß ich die Uhr wieder von mir warf, und von dem Gelde nur die Hälfte behielt. Ich wollte für einen persönlichen Feind des Erschossenen, aber nicht für seinen Räuber gehalten seyn.«

»Jezt floh ich waldeinwärts. Ich wußte, daß das Holz sich vier deutsche Meilen nordwärts erstreckte, und dort an die Gränzen des Landes stieß. Bis zum hohen Mittage lief ich athemlos. Die Eilfertigkeit meiner Flucht hatte meine Gewissensangst zerstreut, aber sie kam schrecklicher zurück, wie meine Kräfte mehr und mehr ermatteten. Tausend gräßliche Gestalten gingen an mir vorüber, und schlugen wie schneidende Messer in meine Brust. Zwischen einem Leben voll rastloser Todesfurcht, und einer gewaltsamen Entleibung war mir jezt eine schreckliche Wahl gelassen, und ich m u ß t e wählen. Ich hatte das Herz nicht, durch Selbstmord aus der Welt zu gehen, und entsezte mich vor der Aussicht, darinn zu bleiben. Geklemmt zwischen die gewissen Qualen des Lebens, und die ungewissen Schrecken der Ewigkeit, gleich unfähig zu leben und zu sterben brachte ich die sechste Stunde meiner Flucht dahin, eine Stunde voll gepreßt von Qualen, wovon noch kein lebendiger Mensch zu erzählen weiß.«

»In mich gekehrt und langsam, ohne mein Wissen den Hut tief ins Gesichte gedrückt, als ob mich dieß vor dem Auge der leblosen Natur hätte unkenntlich machen können, hatte ich unvermerkt einen schmalen Fußsteig verfolgt, der mich durch das dunkelste Dickigt führte – als plözlich eine rauhe befehlende Stimme vor mir her: ›Halt!‹ rufte. Die Stimme war ganz nahe, meine Zerstreuung und der heruntergedrückte Hut hatten mich verhindert, um mich herum zu schauen. Ich schlug die Augen auf, und sah einen wilden Mann auf mich zukommen, der eine große knotige Keule trug. Seine Figur ging ins Riesenmäßige – meine erste Bestürzung wenigstens hatte mich dies glauben gemacht – und die Farbe seiner Haut war von einer gelben Mulattenschwärze, woraus das Weiße eines schielenden Auges bis zum Grassen hervortrat. Er hatte statt eines Gurts ein dickes Seil zwiefach um einen grünen wollenen Rock geschlagen, worin ein breites Schlachtmesser bey einer Pistole stack. Der Ruf wurde wiederholt, und ein kräftiger Arm hielt mich fest. Der Laut eines Menschen hatte mich in Schrecken gejagt, aber der Anblick eines Bösewichts gab mir Herz. In der Lage, worin ich jezt war, hatte ich Ursache, vor jedem redlichen Mann, aber keine mehr, vor einem Räuber zu zittern.«

»›Wer da?‹ sagte diese Erscheinung.«

»›Deines gleichen‹, war meine Antwort, ›wenn du der wirklich bist, dem du gleich siehst!‹«

»›Dahinaus geht der Weg nicht. Was hast du hier zu suchen?‹«

»›Was hast du hier zu fragen?‹ versezte ich trotzig.«

»Der Mann betrachtete mich zweimal vom Fuß bis zum Wirbel. Es schien, als ob er meine Figur gegen die seinige, und meine Antwort gegen meine Figur halten wollte – ›Du sprichst brutal wie ein Bettler‹, sagte er endlich.«

»›Das mag seyn. Ich bins noch gestern gewesen.‹«

»Der Mann lachte. ›Man sollte darauf schwören‹, rief er, ›du wolltest auch noch jezt für nichts bessers gelten.‹«

»›Für etwas schlechteres also‹ – Ich wollte weiter.«

»›Sachte, Freund! Was jagt dich denn so? Was hast du für Zeit zu verlieren?‹«

»Ich besann mich einen Augenblick. Ich weiß nicht, wie mir das Wort auf die Zunge kam, ›das Leben ist kurz‹, sagte ich langsam, ›und die Hölle währt ewig.‹«

»Er sah mich stier an. ›Ich will verdammt sein‹, sagte er endlich, ›oder du bist irgend an einem Galgen hart vorbeygestreift.‹«

»›Das mag wohl noch kommen. Also auf Wiedersehen, Kamerad!‹«

»›Topp, Kamerade!‹ – schrie er, indem er eine zinnerne Flasche aus seiner Jagdtasche hervorlangte, einen kräftigen Schluck daraus that, und mir sie reichte. Flucht und Beängstigung hatten meine Kräfte aufgezehrt, und diesen ganzen entsezlichen Tag war noch nichts über meine Lippen gekommen. Schon fürchtete ich in dieser Waldgegend zu verschmachten, wo auf drei Meilen in der Runde kein Labsal für mich zu hoffen war. Man urtheile, wie froh ich auf diese angebotne Gesundheit Bescheid that. Neue Kraft floß mit diesem Erquicktrunk in meine Gebeine, und frischer Muth in mein Herz, und Hoffnung und Liebe zum Leben. Ich fing an zu glauben, daß ich doch wohl nicht ganz elend wäre, so viel konnte dieser willkommene Trank. Ja, ich bekenne es, mein Zustand gränzte wieder an einen glücklichen, denn endlich, nach tausend fehlgeschlagenen Hoffnungen, hatte ich eine Kreatur gefunden, die mir ähnlich schien. In dem Zustande, worein ich versunken war, hätte ich mit dem höllischen Geiste Kameradschaft getrunken, um einen Vertrauten zu haben.«

»Der Mann hatte sich aufs Gras hingestreckt, ich that ein Gleiches.«

»›Dein Trunk hat mir wohl gethan‹, sagte ich. ›Wir müssen bekannter werden.‹«

»Er schlug Feuer, seine Pfeife zu zünden.«

»›Treibst du das Handwerk schon lange?‹«

»Er sah mich fest an. ›Was willst du damit sagen?‹«

»›War d a s schon oft blutig?‹ Ich zog das Messer aus seinem Gürtel.«

»›Wer bist du?‹ sagte er schrecklich und legte die Pfeife von sich.«

»›Ein Mörder, wie du – aber nur erst ein Anfänger.‹«

»Der Mensch sah mich steif an, und nahm seine Pfeife wieder.«

»›Du bist nicht hier zu Hause‹, sagte er endlich?«

»›Drey Meilen von hier. Der Sonnenwirth in L. …, wenn du von mir gehöret hast.‹«

»Der Mann sprang auf wie ein Beseßner. ›Der Wildschütze Wolf?‹ schrie er hastig.«

»›Der nämliche.‹«

»›Willkommen, Kamerad! Willkommen!‹ rief er und schüttelte mir kräftig die Hände. ›Das ist brav, daß ich dich endlich habe, Sonnenwirth. Jahr und Tag schon sinn ich darauf, dich zu kriegen. Ich kenne dich recht gut. Ich weiß um alles. Ich habe lange auf dich gerechnet.‹«

»›Auf mich gerechnet? Wozu denn?‹«

»›Die ganze Gegend ist voll von dir. Du hast Feinde, ein Amtmann hat dich gedrückt, Wolf. Man hat dich zu Grunde gerichtet, himmelschreyend ist man mit dir umgegangen.‹«

»Der Mann wurde hitzig – ›Weil du ein paar Schweine geschossen hast, die der Fürst auf unsern Aeckern und Feldern füttert, haben sie dich Jahre lang im Zuchthaus und auf der Vestung herumgezogen, haben sie dich um Haus und Wirthschaft bestohlen, haben sie dich zum Bettler gemacht. Ist es dahin gekommen, Bruder, daß der Mensch nicht mehr gelten soll als ein Haase? Sind wir nicht besser, als das Vieh auf dem Felde? – Und ein Kerl, wie du, konnte das dulden?‹«

»›Konnt' ichs ändern?‹«

»›Das werden wir ja wohl sehen. Aber sage mir doch, woher kömmst du denn jezt, und was führst du im Schilde?‹«

»Ich erzählte ihm meine ganze Geschichte. Der Mann, ohne abzuwarten, bis ich zu Ende war, sprang mit froher Ungeduld auf, und mich zog er nach. ›Komm, Bruder Sonnenwirth‹, sagte er, ›jezt bist du reif, jezt hab ich dich, wo ich dich brauchte. Ich werde Ehre mit dir einlegen. Folge mir.‹«

»›Wo willst du mich hinführen?‹«

»›Frage nicht lange. Folge!‹ – Er schleppte mich mit Gewalt fort.«

»Wir waren eine kleine Viertelmeile gegangen. Der Wald wurde immer abschüßiger, unwegsamer und wilder, keiner von uns sprach ein Wort, bis mich endlich die Pfeife meines Führers aus meinen Betrachtungen aufschreckte. Ich schlug die Augen auf, wir standen am schroffen Absturz eines Felsen, der sich in eine tiefe Kluft hinunterbückte. Eine zwote Pfeife antwortete aus dem innersten Bauche des Felsen, und eine Leiter kam, wie von sich selbst, langsam aus der Tiefe gestiegen. Mein Führer kletterte zuerst hinunter, mich hieß er warten, bis er wieder käme. ›Erst muß ich den Hund an Ketten legen lassen‹, sezte er hinzu, ›du bist hier fremd, die Bestie würde dich zerreißen.‹ Damit ging er.«

»Jezt stand ich allein vor dem Abgrund, und ich wußte recht gut, daß ich allein war. Die Unvorsichtigkeit meines Führers entging meiner Aufmerksamkeit nicht. Es hätte mich nur einen beherzten Entschluß gekostet, die Leiter herauf zu ziehen, so war ich frey, und meine Flucht war gesichert. Ich gestehe, daß ich das einsah. Ich sah in den Schlund hinab, der mich jezt aufnehmen sollte, es erinnerte mich dunkel an den Abgrund der Hölle, woraus keine Erlösung mehr ist. Mir fing an vor der Laufbahn zu schaudern, die ich nunmehr betreten wollte, nur eine schnelle Flucht konnte mich retten. Ich beschließe diese Flucht – schon strecke ich den Arm nach der

Leiter aus – aber auf einmal donnerts in meinen Ohren, es umhallt mich wie Hohngelächter der Hölle: ›Was hat ein Mörder zu wagen?‹ – und mein Arm fällt gelähmt zurück. Meine Rechnung war völlig, die Zeit der Reue war dahin, mein begangener Mord lag hinter mir aufgethürmt wie ein Fels, und sperrte meine Rückkehr auf ewig. Zugleich erschien auch mein Führer wieder, und kündigte mir an, daß ich kommen solle. Jezt war ohnehin keine Wahl mehr. Ich kletterte hinunter.«

»Wir waren wenige Schritte unter der Felsmauer weggegangen, so erweiterte sich der Grund, und einige Hütten wurden sichtbar. Mitten zwischen diesen öffnete sich ein runder Rasenplatz, auf welchem sich eine Anzahl von achtzehn bis zwanzig Menschen um ein Kohlfeuer gelagert hatte. ›Hier, Kameraden‹, sagte mein Führer und stellte mich mitten in den Kreiß. ›Unser Sonnenwirth! heißt ihn willkommen!‹«

»›Sonnenwirth!‹ schrie alles zugleich, und alles fuhr auf, und drängte sich um mich her, Männer und Weiber. Soll ichs gestehn? Die Freude war ungeheuchelt und herzlich, Vertrauen, Achtung sogar erschien auf jedem Gesichte, dieser drückte mir die Hand, jener schüttelte mich vertraulich am Kleide, der ganze Auftritt war wie das Wiedersehen eines alten Bekannten, der einem werth ist. Meine Ankunft hatte den Schmauß unterbrochen, der eben anfangen sollte. Man sezte ihn sogleich fort, und nöthigte mich, den Willkomm zu trinken. Wildpret aller Art war die Mahlzeit, und die Weinflasche wanderte unermüdet von Nachbar zu Nachbar. Wohlleben und Einigkeit schien die ganze Bande zu beseelen, und alles wetteiferte seine Freude über mich zügelloser an den Tag zu legen.«

»Man hatte mich zwischen zwo Weibspersonen sitzen lassen, welches der Ehrenplatz an der Tafel war. Ich erwartete den Auswurf ihres Geschlechts, aber wie groß war meine Verwunderung, als ich unter dieser schändlichen Rotte die schönsten weiblichen Gestalten entdeckte, die mir jemals vor Augen gekommen. Margarete die älteste und schönste von beyden, ließ sich Jungfer nennen, und konnte kaum fünf und zwanzig seyn. Sie sprach sehr frech, und ihre Gebärden sagten noch mehr. Marie die jüngere war verheurathet, aber einem Manne entlaufen, der sie mißhandelt hatte. Sie war feiner gebildet, sah aber blaß aus und schmächtig, und fiel weniger ins Auge als ihre feurige Nachbarin. Beyde Weiber eiferten auf einander, meine Begierden zu entzünden, die schöne Margarete kam meiner Blödigkeit durch freche Scherze zuvor, aber das ganze Weib war mir zuwider, und mein Herz hatte die schüchterne Marie auf immer gefangen.«

»›Du siehst, Bruder Sonnenwirth‹, fing der Mann jezt an, der mich hergebracht hatte, ›du siehst, wie wir unter einander leben, und jeder Tag ist dem heutigen gleich. Nicht wahr, Kameraden?‹«

»›Jeder Tag wie der heutige!‹ wiederholte die ganze Bande.«

»›Kannst du dich also entschließen, an unserer Lebensart Gefallen zu finden, so schlag ein und sey unser Anführer. Bis jezt bin *ich* es gewesen, aber *dir* will ich weichen. Seyd ihrs zufrieden, Kameraden?‹«

»Ein fröhliches ›*Ja!*‹ antwortete aus allen Kehlen.«

»Mein Kopf glühte, mein Gehirne war betäubt, von Wein und Begierden siedete mein Blut. Die Welt hatte mich ausgeworfen wie einen verpesteten – hier fand ich brüderliche Aufnahme, Wohlleben und Ehre. Welche Wahl ich auch treffen wollte, so erwartete mich Tod; hier aber konnte ich wenigstens mein Leben für einen höheren Preis verkaufen. Wollust war meine wütendste Neigung, das andere Geschlecht hatte mir bis jezt nur Verachtung bewiesen, hier erwarteten mich Gunst und zügellose Vergnügungen. Mein Entschluß kostete mich wenig. ›Ich bleibe bey *euch*, Kameraden‹, rief ich laut mit Entschlossenheit, und trat mitten unter die Bande, ›ich bleibe bey euch‹, rief ich nochmals, ›wenn ihr mir meine schöne Nachbarinn abtretet!‹ – Alle kamen überein, mein Verlangen zu bewilligen, ich war erklärter Eigenthümer einer H***, und das Haupt einer Diebesbande.«

Den folgenden Theil der Geschichte übergehe ich ganz, das bloß abscheuliche hat nichts unterrichtendes für den Leser. Ein Unglücklicher, der bis zu dieser Tiefe herunter sank, mußte sich endlich alles erlauben was die Menschheit empört – aber einen zweiten Mord beging er nicht mehr, wie er selbst auf der Folter bezeugte.

Der Ruf dieses Menschen verbreitete sich in kurzem durch die ganze Provinz. Die Landstraßen wurden unsicher, nächtliche Einbrüche beunruhigten den Bürger, der Name des Sonnenwirths wurde der Schrecken des Landvolks, die Gerechtigkeit suchte ihn auf, und eine Prämie wurde auf seinen Kopf gesezt. Er war so glücklich, jeden Anschlag auf seine Freyheit zu vereiteln, und verschlagen genug, den Aberglauben des wundersüchtigen Bauren zu seiner Sicherheit zu benutzen. Seine Gehülfen mußten aussprengen, er habe einen Bund mit dem Teufel gemacht, und könne hexen. Der Distrikt, auf welchem er seine Rolle spielte, gehörte damals noch weniger als jezt zu den aufgeklärten Deutschlands, man glaubte diesem Gerüchte und seine Person war gesichert. Niemand zeigte Lust, mit dem gefährlichen Kerl anzubinden, dem der Teufel zu Diensten stünde.

Ein Jahr schon hatte er das traurige Handwerk getrieben, als es anfienge ihm unerträglich zu werden. Die Rotte, an deren Spitze er sich gestellt hatte, erfüllte seine glänzenden Erwartungen nicht. Eine verführerische Aussenseite hatte ihn damals im Taumel des Weines geblendet, jezt wurde er mit Schrecken gewahr, wie abscheulich er hintergangen worden. Hunger und Mangel traten an die Stelle des Ueberflußes, womit man ihn eingewiegt hatte; sehr oft mußte er sein Leben an eine Mahlzeit wagen, die kaum hinreichte, ihn vor dem Verhungern zu schützen. Das Schattenbild jener brüderlichen Eintracht verschwand, Neid, Argwohn, und Eifersucht, wüteten im innern dieser verworfenen Bande. Die Gerechtigkeit hatte demjenigen, der ihn lebendig ausliefern würde, Belohnung, und wenn es ein Mitschuldiger wäre, noch eine feyerliche Begnadigung zugesagt – eine mächtige Versuchung für den Auswurf der Erde! Der Unglückliche kannte seine Gefahr. Die Redlichkeit derjenigen, die Menschen und Gott verriethen, war ein schlechtes Unterpfand seines Lebens. Sein Schlaf war, von jezt an, dahin, ewige Todesangst zerfraß seine Ruhe, das gräßliche Gespenst des Argwohns rasselte hinter ihm, wo er hinfloh, peinigte ihn, wenn er wachte, bettete sich neben ihm, wenn er schlafen ging, und schreckte ihn in entsezlichen Träumen. Das verstummte Gewissen gewann zugleich seine Sprache wieder, und die schlafende Natter der Reue wachte bey diesem allgemeinen Sturm seines Busens auf. Sein ganzer Haß wandte sich jezt von der Menschheit, und kehrte seine schreckliche Schneide gegen ihn selber. Er vergab jezt der ganzen Natur, und fand niemand, als sich allein zu verfluchen.

Das Laster hatte seinen Unterricht an dem Unglücklichen vollendet, sein natürlich guter Verstand siegte endlich über die traurige Täuschung. Jezt fühlte er, wie tief er gefallen war, ruhigere Schwermuth trat an die Stelle knirschender Verzweiflung. Er wünschte mit Thränen die Vergangenheit zurück, jezt wußte er gewiß, daß er sie ganz anders wiederholen würde. Er fing an zu hoffen, daß er noch rechtschaffen werden dürfe, weil er bey sich empfand, daß er es könne. Auf dem höchsten Gipfel seiner Verschlimmerung war er dem Guten näher, als er vielleicht vor seinem ersten Fehltritt gewesen war.

Um eben diese Zeit war der siebenjährige Krieg ausgebrochen, und die Werbungen gingen stark. Der Unglückliche schöpfte Hoffnung von diesem Umstand, und schrieb einen Brief an seinen Landesherrn, den ich auszugsweise hier einrücke:

»Wenn Ihre fürstliche Huld sich nicht ekelt, bis zu *mir* herunter zu steigen, wenn Verbrecher *meiner* Art nicht außerhalb Ihrer Erbarmung liegen, so gönnen *Sie* mir Gehör, durchlauchtigster Oberherr. Ich bin Mörder und Dieb, das Gesetz verdammt mich zum Tode, die Gerichte suchen mich auf – und ich biete mich an, mich freywillig zu stellen. Aber ich bringe zugleich eine seltsame Bitte vor Ihren Thron. Ich verabscheue mein Leben, und fürchte den Tod nicht, aber schrecklich ist mirs zu sterben, ohne gelebt zu haben. Ich möchte leben, um einen Theil des Vergangenen gut zu machen; ich möchte leben, um den Staat zu versöhnen, den ich beleidigt habe. Meine Hinrichtung wird ein Beyspiel seyn für die Welt, aber kein Ersatz meiner Thaten. Ich hasse das Laster, und sehne mich feurig nach Rechtschaffenheit und Tugend. Ich habe Fähigkeiten gezeigt, meinem Vaterlande furchtbar zu werden, ich hoffe, daß mir noch einige übrig geblieben sind, ihm zu nützen.«

»Ich weiß, daß ich etwas unerhörtes begehre. Mein Leben ist verwirkt, mir steht es nicht an, mit der Gerechtigkeit Unterhandlung zu pflegen. Aber ich erscheine nicht in Ketten und Banden vor Ihnen – noch bin ich frey – und meine Furcht hat den kleinsten Antheil an meiner Bitte.«

»Es ist *Gnade* um was ich flehe. Einen Anspruch auf Gerechtigkeit, wenn ich auch einen hätte, wage ich nicht mehr geltend zu machen. – Doch an etwas darf ich meinen Richter erinnern. Die Zeitrechnung meiner Verbrechen fängt mit dem Urtheilspruch an, der mich auf immer um meine Ehre brachte. Wäre mir damals die Billigkeit minder versagt worden, so würde ich jetzt vielleicht keiner Gnade bedürfen.«

»Lassen *Sie* Gnade für Recht ergehen, mein Fürst. Wenn es in Ihrer fürstlichen Macht steht, das Gesetz für mich zu erbitten, so schenken Sie mir das Leben. Es soll Ihrem Dienste von nun an gewidmet seyn. Wenn S i e es können, so lassen S i e mich Ihren gnädigsten Willen aus öffentlichen Blättern vernehmen, und ich werde mich auf Ihr fürstliches Wort in der Hauptstadt stellen. Haben Sie es anders mit mir beschlossen, so thue die Gerechtigkeit denn das ihrige, ich muß das meinige thun.«

Diese Bittschrift blieb ohne Antwort, wie auch eine zwote und dritte, worinn der Supplikant um eine Reuterstelle im Dienste des Fürsten bat. Seine Hoffnung zu einem Pardon erlosch gänzlich, er faßte also den Entschluß, aus dem Land zu fliehen, und im Dienste des Königs von Preußen als ein braver Soldat zu sterben.

Er entwischte glücklich seiner Bande, und trat diese Reise an. Der Weg führte ihn durch eine kleine Landstadt, wo er übernachten wollte. Kurze Zeit vorher waren durch das ganze Land geschärftere Mandate zu strenger Untersuchung der Reisenden ergangen, weil der Landesherr, ein Reichsfürst, im Kriege Parthei genommen hatte. Einen solchen Befehl hatte auch der Thorschreiber dieses Städtchens, der auf einer Bank vor dem Schlage saß, als der Sonnenwirth geritten kam. Der Aufzug dieses Mannes hatte etwas possierliches, und zugleich etwas schreckliches und wildes. Der hagre Klepper, den er ritt, und die burleske Wahl seiner Kleidungsstücke, wobey wahrscheinlich weniger sein Geschmack als die Chronologie seiner Entwendungen zu Rath gezogen war, kontrastirte seltsam genug mit einem Gesicht, worauf so viele wüthende Affekte, gleich den verstümmelten Leichen auf einem Wahlplatz, verbreitet lagen. Der Thorschreiber stuzte beym Anblick dieses seltsamen Wanderers. Er war am Schlagbaum grau geworden, und eine vierzigjährige Amtsführung hatte in ihm einen unfehlbaren Physiognomen aller Landstreicher erzogen. Der Falkenblick dieses Spürers verfehlte auch hier seinen Mann nicht. Er sperrte sogleich das Stadtthor, und foderte dem Reuter den Paß ab, indem er sich seines Zügels versicherte. Wolf war auf Fälle dieser Art vorbereitet, und führte auch wirklich einen Paß bey sich, den er ohnlängst von einem geplünderten Kaufmann erbeutet hatte. Aber dieses einzelne Zeugniß war nicht genug, eine vierzigjährige Observanz umzustoßen, und das Orakel am Schlagbaum zu einem Wiederruf zu bewegen. Der Thorschreiber glaubte seinen Augen mehr als diesem Papiere, und Wolf war genöthigt, ihm nach dem Amthaus zu folgen.

Der Oberamtmann des Orts untersuchte den Paß, und erklärte ihn für richtig. Er war ein starker Anbeter der Neuigkeit, und liebte besonders bey einer Bouteille über die Zeitung zu plaudern. Der Paß sagte ihm, daß der Besitzer geradeswegs aus den feindlichen Ländern käme, wo der Schauplatz des Krieges war. Er hoffte Privatnachrichten aus dem Fremden heraus zu locken, und schickte einen Sekretair mit dem Paß zurück, ihn auf eine Flasche Wein einzuladen.

Unterdessen hält der Sonnenwirth vor dem Amthaus; das lächerliche Schauspiel hat den Janhagel des Städtchens schaarenweise um ihn her versammelt. Man murmelt sich in die Ohren, deutet wechselsweise auf das Roß und den Reuter; der Muthwille des Pöbels steigt endlich bis zu einem lauten Tumult. Unglücklicherweise war das Pferd, worauf jezt alles mit Fingern wies, ein geraubtes; er bildet sich ein, das Pferd sey in Steckbriefen beschrieben und erkannt. Die unerwartete Gastfreundlichkeit des Oberamtmanns vollendet seinen Verdacht. Jezt hält er's für ausgemacht, daß die Betrügerey seines Passes verrathen, und diese Einladung nur die Schlinge sey, ihn lebendig und ohne Widersetzung zu fangen. Böses Gewissen macht ihn zum Dummkopf, er giebt seinem Pferde die Sporen, und rennt davon, ohne Antwort zu geben.

Diese plözliche Flucht ist die Losung zum Aufstand.

»Ein Spitzbube!« ruft alles, und alles stürzt hinter ihm her.

Dem Reuter gilt es um Leben und Tod, er hat schon den Vorsprung, seine Verfolger keuchen athemlos nach, er ist seiner Rettung nahe – aber eine schwere Hand drückt unsichtbar gegen ihn, die Uhr seines Schicksals ist abgelaufen, die unerbittliche Nemesis hält ihren Schuldner an. Die Gasse, der er sich anvertraute, endigt in einem Sack, er muß rückwärts gegen seine Verfolger umwenden.

Der Lerm dieser Begebenheit hat unterdessen das ganze Städtchen in Aufruhr gebracht, Haufen sammeln sich zu Haufen, alle Gassen sind gesperrt, ein Heer von Feinden kömmt im Anmarsch gegen ihn her. Er zeigt eine Pistole, das Volk weicht, er will sich mit Macht einen Weg durchs Gedränge bahnen. »Dieser Schuß, ruft er, soll dem Tollkühnen, der mich halten will« – Die Furcht gebietet eine allgemeine Pause – ein beherzter Schlossergeselle endlich fällt ihm von hinten her in den Arm, und faßt den Finger, womit der Rasende eben losdrücken will, und drückt ihn aus dem Gelenke. Die Pistole fällt, der wehrlose Mann wird vom Pferde herabgerissen, und im Triumphe nach dem Amthaus zurück geschleppt.

»Wer seyd ihr?« frägt der Richter mit ziemlich brutalem Ton.

»Ein Mann, der entschlossen ist, auf keine Frage zu antworten, bis man sie höflicher einrichtet.«

»Wer sind S i e ?«

»Für was ich mich ausgab. Ich habe ganz Deutschland durchreist, und die Unverschämtheit nirgends, als hier zu Hause gefunden.«

»Ihre schnelle Flucht macht sie sehr verdächtig. Warum flohen sie?«

»Weil ich's müde war, der Spott ihres Pöbels zu seyn.«

»Sie drohten, Feuer zu geben.«

»Meine Pistole war nicht geladen.« Man untersuchte das Gewehr, es war keine Kugel darinn.

»Warum führen sie heimliche Waffen bey sich?«

»Weil ich Sachen von Werth bey mir trage, und weil man mich vor einem gewissen Sonnenwirth gewarnt hat, der in diesen Gegenden streifen soll.«

»Ihre Antworten beweisen sehr viel für ihre Dreistigkeit, aber nichts für ihre gute Sache. Ich gebe ihnen Zeit bis morgen, ob sie mir die Wahrheit entdecken wollen.«

»Ich werde bey meiner Aussage bleiben.«

»Man führe ihn nach dem Thurm.«

»Nach dem Thurm? – Herr Oberamtmann, ich hoffe, es giebt noch Gerechtigkeit in diesem Lande. Ich werde Genugthuung fodern.«

»Ich werde sie ihnen geben, so bald sie gerechtfertigt sind.«

Den Morgen darauf überlegte der Oberamtmann, der Fremde möchte doch wohl unschuldig seyn, die befehlshaberische Sprache würde nichts über seinen Starrsinn vermögen, es wäre vielleicht besser gethan, ihm mit Anstand und Mäßigung zu begegnen. Er versammelte die Geschwornen des Orts, und ließ den Gefangenen vorführen.

»Verzeihen sie es der ersten Aufwallung, mein Herr, wenn ich sie gestern etwas hart anließ.«

»Sehr gern, wenn sie mich so fassen.«

»Unsre Gesetze sind strenge, und ihre Begebenheit machte Lerm. Ich kann sie nicht frey geben, ohne meine Pflicht zu verletzen. Der Schein ist gegen sie. Ich wünschte, sie sagten mir etwas, wodurch er widerlegt werden könnte.«

»Wenn ich nun nichts wüßte?«

»So muß ich den Vorfall an die Regierung berichten, und sie bleiben so lang in fester Verwahrung.«

»Und dann?«

»Dann laufen sie Gefahr, als ein Landstreicher über die Gränze gepeitscht zu werden, oder wenns gnädig geht, unter die Werber zu fallen.«

Er schwieg einige Minuten, und schien einen heftigen

Kampf zu kämpfen; dann drehte er sich rasch zu dem Richter.

»Kann ich auf eine Viertelstunde mit ihnen allein seyn?«

Die Geschwornen sahen sich zweydeutig an, entfernten sich aber auf einen gebietenden Wink ihres Herrn.

»Nun, was verlangen sie?«

»Ihr gestriges Betragen, Herr Oberamtmann, hätte mich nimmermehr zu einem Geständniß gebracht, denn ich trotze der Gewalt. Die Bescheidenheit, womit sie mich heute behandeln, hat mir Vertrauen und Achtung gegen sie gegeben. Ich glaube, daß sie ein edler Mann sind.«

»Was haben sie mir zu sagen?«

»Ich sehe, daß sie ein edler Mann sind. Ich habe mir längst einen Mann gewünscht wie sie. Erlauben sie mir ihre rechte Hand.«

»Wo will das hinaus?«

»Dieser Kopf ist grau und ehrwürdig. Sie sind lang in der Welt gewesen – haben der Leiden wohl viele gehabt – Nicht wahr? und sind menschlicher worden?«

»Mein Herr – Wozu soll das?«

»Sie stehen noch einen Schritt von der Ewigkeit, bald – bald brauchen sie Barmherzigkeit bey Gott. Sie werden sie Menschen nicht versagen – – Ahnden sie nichts? Mit wem glauben sie, daß sie reden?«

»Was ist das? Sie erschrecken mich.«

»Ahnden sie noch nicht – Schreiben sie es ihrem Fürsten, wie sie mich fanden, und daß ich selbst aus freyer Wahl mein Verräther war – daß i h m Gott einmal gnädig seyn werde, wie e r jezt mir es seyn wird – bitten sie für mich, alter Mann, und lassen sie dann auf ihren Bericht eine Thräne fallen: Ich bin der Sonnenwirth.«

1 Textgrundlagen

Schillers Erzählung erschien zuerst unter dem Titel *Verbrecher aus Infamie eine wahre Geschichte* in der Zeitschrift *Thalia* (Leipzig: Göschen, 1786, Bd. 1, H. 2). Der um wenige Sätze gekürzte Wiederabdruck erfolgte unter dem Titel *Der Verbrecher aus verlorener Ehre. Eine wahre Geschichte* in den *Kleineren prosaischen Schriften* (Leipzig 1792). Vorliegende Edition folgt dieser bis heute relavanten zweiten Fassung. Die Lesarten dieser Zweitausgabe von 1792 (gesetzt in Antiqua) gegenüber dem Journaldruck von 1786 (gesetzt in Fraktur) werden im folgenden textkritischen Apparat verzeichnet. – Auch die Schiller-Nationalausgabe (NA, Bd. 16, Weimar 1954) bevorzugt die Buchfassung von 1792, folgt dem Original aber nicht hinreichend genau. Orthographische Abweichungen deuten darauf hin, dass entweder eine Parallelausgabe der *Kleineren prosaischen Schriften* vorlag oder kleinere orthographische Änderungen vorgenommen wurden, ohne weiter Rechenschaft darüber zu geben. Allein in den ersten beiden Absätzen weicht die Nationalausgabe von dem hier herangezogenen Exemplar aus der Staatsbibliothek München (Sign.: P. o. germ 1276[c]) an sieben Stellen in der Interpunktion und vierzehn Stellen in der Orthographie ab (»Bei«/»bei« statt »Bey«/»bey«; »verhältnismäßig« statt »verhältnißmäßig«; »Willensfreiheit« statt »Willensfreyheit«; »Einförmiges« statt »einförmiges«; »Zusammengesetztes« statt »zusammengeseztes«; »tausenderlei« statt »tausenderley«; »Charakteren« statt »Karakteren«; »Charaktere« statt »Karaktere«; »einerlei« statt »einerley«; »sein« statt »seyn«; »klassifizierte« statt »klaßifizierte«; »jetzt« statt »jezt«; »beisammen« statt »beysammen«). Ein (digital verfügbares) Exemplar der Universitätsbibliothek Oxford (Sign.: Bodleian Library, Sign.: Vet. D5 e628) unterscheidet sich übrigens in der kurzen Passage wiederum von dem Münchner Exemplar ebenso wie von der Nationalausgabe (»zusammengesetztes« statt »zusammengeseztes«; »klassifizirte« statt »klassifizierte« oder »klaßifizierte«; ebenfalls »jetzt« statt »jezt«). Ein Exemplar in der Staatsbibliothek zu Berlin (Sign.: 377155–1) stimmt nur zum Teil mit dem Druck in München, zum Teil aber auch mit der Version in Oxford überein. All das beweist die Existenz von Parallelausgaben, die während des Druckgeschehens an einer Auflage verändert wurden.

Ähnliches gilt für die damit verglichene *Thalia*, von der es – je nach Exemplar – einzelne voneinander abweichende Bogen gibt: Die in der Nationalausgabe zugrunde gelegte Fassung der *Thalia* unterscheidet sich an mehreren Stellen von dem hier herangezogenen Exemplar der »Bibliotheka Regia Hannoverana« (Bibliotheksstempel), die digital einsehbar ist (http://www.ub.uni-bielefeld.de/diglib/aufklaerung/). Abweichungen zwischen den *Thalia*-Ausgaben, die sich aus den Varianten in der Nationalausgabe ergeben, wären – ebenfalls bezogen auf die beiden ersten Abschnitte (denen in der *Thalia* ein dritter vorausgeht) – beispielsweise: »Ärzte« statt »Aerzte«; »sein« statt »seyn«; »Entdeckungen« statt »Entdekungen«; »Sterbebetten« statt »Sterbe-Betten«; »Leichenöffnungen« statt »Leichenöfnungen«; »Narrenhäuser« statt »Narrenhäußer«; »gesetzgebende« statt »gesezgebende«; »essbaren« statt »eßbaren«; »e i n e Klasse« statt »E i n e« Klasse).

2 Überlieferung und Varianten

J Thalia 1 (1786). H. 2. S. 20–58. [Anonym, unterzeichnet mit: ›†‹.]

B Friedrich Schiller: Kleinere prosaische Schriften. Aus mehrern Zeitschriften vom Verfasser selbst gesammelt und verbessert. Tl. 1. Leipzig: Crusius, 1792. S. 291–345.

Im folgenden werden die Varianten des früheren Journaldrucks (J) gegenüber der Buchausgabe (B) dargestellt. Der Apparat wiederholt vor dem Lemma die in unserer Ausgabe abgedruckte Textstelle (in B) und macht nach dem Lemma die Abweichung (in J) sichtbar. In der Antiqua (B) gibt es keinen Buchstaben für ›ß‹; an dessen Stelle stehen – von ›ss‹ deutlich unterschieden – ein langes und ein rundes ›s‹ zusammen (hier wiedergegeben durch ›ß‹). Die Erzählpassagen von Christian Wolf stehen Absatz für Absatz in Anführungszeichen, ebenso darin gelegentlich zitierte wörtliche Rede. Da An- oder Abführungszeichen an mehreren Stellen fehlen, wurde die entsprechende Auszeichnung – wie schon in der Nationalausgabe (NA) – vereinheitlicht: Wolfs Bericht erscheint in doppelten (» «), eingelagerte wörtliche Rede zudem in einfachen Anführungsstrichen (› ‹). Komma und Semikolon wurden entsprechend heute üblicher Schreibweise nach den Anführungszeichen gesetzt und nicht davor. Orthographische Varianten in B (›a‹ statt ›aa‹, ›dt‹ statt ›d‹, ›ff‹ statt ›f‹, ›i‹ statt ›ie‹, ›y‹ statt ›i‹, ›ck‹ statt ›k‹, ›ss‹ statt ›ß‹, ›s‹ statt ›ß‹, ›th‹ statt ›t‹, ›tz‹ statt ›z‹), Unterschiede in der Getrennt- und Zusammenschreibung oder in der Zeichensetzung werden im Apparat nicht einzeln verzeichnet. Aus J werden Hervorhebungen durch S p e r r u n g in den edierten Text übernommen und im Apparat entsprechend ausgewiesen, da es sich um wertvolle Betonungen handelt, die zum Verständnis beitragen. Ausgeschlossen sind hingegen Auszeichnungen, die weder in der Buch- noch in der Journalfassung vorkommen, in der Nationalausgabe aber vom Herausgeber hinzugefügt wurden (z. B. Ende des zweiten Absatzes: »in e i n e r Ordnung«).

7 *Titel:* Der Verbrecher – Geschichte.] Verbrecher aus Infamie eine wahre Geschichte.

9, vor 1 *Absatz fehlt in B*] Die Heilkunst und Diätetik, wenn die Aerzte aufrichtig seyn wollen, haben ihre besten Entdekungen und heilsamsten Vorschriften vor Kranken- und Sterbe-Betten gesammelt. Leichenöfnungen, Hospitäler und Narrenhäußer haben das helleste Licht in der Phisiologie angezündet. Die Seelenlehre, die Moral, die gesezgebende Gewalt sollten billig diesem Beispiel folgen, und ähnlicherweise aus Gefängnissen, Gerichtshöfen und Kriminalakten – den Sektionsberichten des Lasters – sich Belehrungen holen.

9,9 gewöhnlichen Willensfreyheit] menschlichen Freiheit

9,27 B o r g i a] *Sperrung übernommen aus J*

9,31 fände.] fände, vielleicht mit besserem Grunde beisammen fände, als der Ritter gehabt hat, den eßbaren und giftigen Schwamm in E i n e Klasse zu werfen.

10,23 f. Endzweck erreichen,] Zirkel umreichen,

11,6 f. v o l l b r i n g e n , sondern auch w o l l e n] *Sperrungen übernommen aus J*

11,9 seiner Gedanken,] dieser Gedanken,

11,20 u n v e r ä n d e r l i c h e n Struktur] *Sperrung übernommen aus J*

11,21 v e r ä n d e r l i c h e n Bedingungen,] *Sperrung übernommen aus J*

11,27 *vor* Wenn ich auch] Wie manches Mädchen von seiner Erziehung würde seine Unschuld gerettet haben, wenn es früher gelernt hätte, seine gefallene Schwestern in den Häusern der Freude minder lieblos zu richten! Wie manche Familie, von einem elenden Hirngespinnst politischer Ehre zu Grunde gerichtet, würde noch blühen, wenn sie den Baugefangenen, der seine Verschwendung zu büßen die Gassen säubert, um seine Lebensgeschichte hätte befragen wollen!

12,12 C h r i s t i a n W o l f] *Sperrung übernommen aus J*

12,14 verschweigen muß)] verschweigen mußte)

12,19 Klagen] Klage

12,20 erfinderischen] erfindrischen

12,27 darbot.] bot. Die Verachtung seiner Person hatte früh seinen Stolz verwundet, und zündete endlich einen schleichenden Unmuth in seinem Herzen an, welcher nie mehr erloschen ist.

13,2 geltend zu machen, verschlang noch] gelten zu machen, verschlang vollends

13,10 h o n e t t z u s t e h l e n] *Sperrungen übernommen aus J*

13,13 R o b e r t] *Sperrung übernommen aus J*

13,17 Sonne] *Sperrung übernommen aus J*
13,26 ganzen kleinen] ganzen
14,17 Ein Amt] *Sperrung übernommen aus J*
14,25 nicht einer] *Sperrung übernommen aus J*
16,18 ehemals] ehmals
16,20 läuteten] lauteten
17,7 konnte ihn] *Sperrung übernommen aus J*
17,24f. noch ein Geschöpf unter mir] *Sperrungen übernommen aus J*
18,3 vermuthete.«] vermuthete. Man ließ mich Schandthaten büßen, die ich noch nicht begangen hatte; ich hatte noch schlechte Streiche bei dem Menschengeschlecht gut, weil ich im voraus dafür gelitten hatte. Meine Infamie war das niedergelegte Kapital, von dessen Zinsen ich noch lange Zeit schwelgen konnte.«
18,9 die Ehre] *Sperrung übernommen aus J*
18,11 Erniedrigung] Infamie
18,14f. erinnere] erinnerte *in B, emendiert nach J, so auch in NA*
18,17 ehemals] ehmals
18,18 Nothwendigkeit und Leichtsinn] *Sperrungen übernommen aus J*
19,7 erschreckt] erschrökt
19,29–31 ›Mörder‹ … – Mörder sagte.] *Sperrungen übernommen aus J*
21,7 plözlich ein,] plözlich inn,
21,23 ich mußte wählen.] *Sperrung übernommen aus J*
21,24 gehen,] gehn,
21,26f. gewissen Qualen – ungewissen Schrecken] gewiße Quaalen – ungewiße Schreken
21,27 unfähig] faig
21,30 weiß.«] weiß, die mir Gottes Barmherzigkeit auf dem Rabensteine erlassen wird.«
21,32 ob mich dieß] ob mich das
21,33 machen können,] machen sollen,
22,9 dies glauben] des glauben
22,12 zwiefach] zweifach
22,19 Räuber] Schurken
22,21 wenn du der] *Sperrung übernommen aus J*

22,31 darauf] drauf

23,9–11 auf Wiedersehen, Kamerad!‹« »›Topp, Kamerade!‹] auf Wiedersehen, Kamerade!« »Topp, Kamerade! *Sperrungen übernommen aus J*

23,25 Hoffnungen,] Hoffnungen endlich,

23,26 Kreatur gefunden,] Kreatur angetroffen,

24,3 ›War das schon] *Sperrung übernommen aus J*

24,5 schrecklich] schröklich

24,8 »Der Mensch] »Der Mann

24,12 gehöret] gehört

24,31 Haase?] Haase? Soll ein Unterthan des Fürsten für eine wilde Sau des Fürsten zum Geisel dienen?

25,6 ›jezt bist du reif,] *Sperrungen übernommen aus J*

25,14 aufschreckte.] aufschrökte.

25,23 stand ich allein] *Sperrung übernommen aus J*

26,2f. ›Was hat ein Mörder zu wagen?‹] *Sperrung übernommen aus J*

26,8 solle.] sollte.

26,21f. der ganze Auftritt] der Auftritt

26,33f. die schönsten weiblichen] die schönste weibliche

27,19f. Bis jezt bin ich es gewesen, aber dir] *Sperrungen übernommen aus J*

27,22 »Ein fröhliches ›Ja!‹] *Sperrung übernommen aus J*

27,24 Begierden] Wollust

27,32 ›Ich bleibe bei euch,] *Sperrung übernommen aus J*

28,4 H***,] Hure,

28,14 Schrecken] Schröken

28,19 Gehülfen] Gehilfen

28,24f. Diensten stünde.] Diensten stund.

28,27 anfienge] anfieng

28,31 er hintergangen worden.] man ihn hintergangen hatte.

29,2 brüderlichen] *nur in B gesperrt*

29,3f. Neid, Argwohn, und Eifersucht, wüteten im Innern] Neid und Argwohn, zwo scheußliche Harpyen, wüteten im Herzen

29,14 schreckte] schrökte

29,24 ruhigere Schwermuth] eine tiefe Schwermut

29,27f. werden d ü r f e ,] werden d ü r f t e , *Sperrung übernommen aus J*
29,28 es k ö n n e .] es k ö n n t e . *Sperrung übernommen aus J*
30,2 einrücke:] *in J ist der folgende Brief auch graphisch eingerückt, nicht so in B*
30,3f. bis zu m i r herunter] *Sperrung übernommen aus J*
30,4 m e i n e r Art] *Sperrung übernommen aus J*
30,25 »Es ist G n a d e] *Sperrung übernommen aus J*
30,27 geltend zu machen.] gelten zu machen.
30,32–31,2 »Lassen S i e – Wenn S i e – lassen S i e] *Sperrungen übernommen aus J*
32,19f. schaarenweise] schaarenweiß
32,21 wechselsweise] wechselsweis
32,32f. Aufstand. »Ein Spitzbube!«] *Absatz in B, nicht in J*
33,23 »Wer sind S i e ?«] *Sperrung übernommen aus J*
35,25 erschrecken] erschröken
35,28f. i h m Gott – e r jezt] *Sperrungen übernommen aus J*

3 Kommentar

7 *verlorener Ehre:* Wie bei dem alternativen Begriff der Infamie (Schande, Ehrlosigkeit), den die Erstfassung bevorzugt, wird das Verbrechen als Folge für die mit Bestrafung verbundene Aberkennung der bürgerlichen Ehrenrechte, also als Rache, gedeutet. Dabei gehen dem Ehrverlust Kavaliersdelikte als Ursache voran, was aber als Ungerechtigkeit empfunden wird. Im römischen Recht unterscheidet man die Schmälerung des Rechtsstatus als Folge einer Handlung (*Infamia immediata*) und nach einem Richterspruch (*Infamia mediata*). Wilhelm von Humboldt greift mit dem Essay »Über die Ehrlosigkeit (Infamie) als eine Kriminalstrafe« (1791) die durch Schillers Erzählung aufgebrachte Thematik wieder auf.

7 *wahre Geschichte:* Dieses Werbeetikett ist schon auf illustrierten Verbrechensflugblättern der Frühen Neuzeit beliebt. Anschließend ist es untrennbar mit dem Genre der juristischen und psychologischen Fallgeschichte verbunden. In seiner Vorrede zur Pitaval-Ausgabe betont Schiller an dieser »Auswahl gerichtlicher Fälle [...] den Vorzug der historischen Wahrheit« (s. Dokumente, S. 106). Auch Karl Philipp Moritz wird nicht müde, für sein *Magazin zur Erfahrungsseelenkunde* (1783–93) die Formel »Fakta, und kein moralisches Geschwätz« zu gebrauchen, wobei »die Geschichte der Missetäter« ausdrücklich als eine besonders ergiebige Quelle für die neue Psychologie hervorgehoben wird.

9,1 *Geschichte des Menschen:* Bereits der erste Satz eröffnet den anthropologischen Kontext, den Schiller mit seiner Dissertation *Versuch über den Zusammenhang der thierischen Natur des Menschen mit seiner geistigen* (1780) erschloss. Darin ist § 11 überschrieben: »Aus der Geschichte des Menschengeschlechts« (NA 20, S. 53). Nie zuvor sind so viele Bücher mit entsprechenden Titelformulierungen erschienen, z. B. Johann Gottfried Herders *Auch eine Philosophie der Geschichte zur Bildung der Menschheit* (1774) sowie seine *Ideen zur Philosophie der Geschichte der Menschheit* (1784–91), Isaac Iselins *Über die Geschichte der Menschheit* (1764), Christoph Meiners *Grundriß der Geschichte der Menschheit* (1785).

9,2f. *Annalen seiner Verirrungen:* Durch Sammlungen von Verbrechensgeschichten – so lautet Schillers Überzeugung in der Pitaval-Vorrede – »ist der Kriminalrichter im Stande, tiefere Blicke in das Menschen-Herz zu thun. Dazu kommt, daß der umständlichere Rechtsgang die geheimen Bewegursachen menschlicher Handlungen weit mehr ins Klare zu bringen fähig ist, als es sonst geschieht, und wenn die vollständigste Geschichtserzählung uns über die lezten Gründe einer Begebenheit, über die wahren Motive der handelnden Spieler oft genug unbefriedigt lässt, so enthüllt uns oft ein Kriminalprozeß das Innerste der Gedanken, und bringt das versteckteste Gewebe der Bosheit an den Tag.« (s. Dokumente, S. 107)

9,3 *großen Verbrechen:* Das – über Rousseau auf Plutarch zurückgreifende – Konzept des großen Verbrechers, das bereits Züge der späteren Ästhetik des Erhabenen erkennen lässt, entwickelt Schiller bereits in der »Vorrede« zu den *Räubern*: »Jedem, auch dem Lasterhaftesten ist gewissermassen der Stempel des göttlichen Ebenbilds aufgedrükt, und vielleicht hat der grosse Bösewicht keinen so weiten Weg zum grossen Rechtschaffenen, als der kleine; denn die Moralität hält gleichen Gang mit den Kräften, und je weiter die Fähigkeit, desto weiter und ungeheurer ihre Verirrung, desto imputabler ihre Verfälschung.« (*Die Räuber. Studienausgabe,* hrsg. von Bodo Plachta, Stuttgart 2009, Universal-Bibliothek 18672, S. 11)

9,5 *Begehrungskraft:* Auch dieser Begriff verweist auf die seit der Frühaufklärung sich differenzierende Affekt-, Trieb- und Vermögenspsychologie, die zur neuen Anthropologie hinführt.

9,7 *kolossalischer:* Auch die *Räuber* sollen – laut Schillers »Vorrede« – das Laster »in seiner kolossalischen Grösse vor das Auge der Menschheit stellen«, um es so durch Abschreckung zu bekämpfen (*Die Räuber. Studienausgabe,* s. Komm. zu 9,3, S. 9).

9,8 *Menschenforscher:* Der Anthropologe, der im Sprachgebrauch der Zeit auch als ›philosophischer‹ oder ›verständiger Arzt‹ bezeichnet wird, tritt dem aufgeklärten, humanistischen »Kriminalrichter« an die Seite, der – Schillers Pitaval-Vorrede zufolge – »tiefere Blicke in das Menschen-Herz« wagt, um so einen »Gewinn für Menschenkenntniß und Menschenbehandlung« (s. Dokumente, S. 107) zu erzielen. Schiller ergänzt diese Perspektive in den *Räubern* noch um die literarische, »dramatische Methode, die Seele gleichsam bei ihren geheimsten Operationen zu ertappen« (*Die Räuber. Studienausgabe*, s. Komm. zu 9,3, S. 9).

9,14 *menschliche Herz:* Das Zentralorgan der Empfindsamkeit und Leitvokabel der Zeit – nicht nur in Goethes *Werther* – steht hier für das psychische Innere des Menschen. In der Voranzeige der *Rheinischen Thalia*, in deren Fortsetzung der *Verbrecher aus Infamie* 1786 erscheint, kündigt Schiller »Gemälde merkwürdiger Menschen und Handlungen« an, die gleichsam dazu dienen, »die Magnetnadel an sein Herz hinzuhalten« und »neugefundene Räder in dem unbegreiflichen Uhrwerk der Seele« zu beobachten (NA 22, S. 95).

9,23 *Linnäus:* Schiller nimmt hier den schwedischen Botaniker Karl von Linné (1707–1778), der die belebte Natur auf breiter Basis systematisierte und klassifizierte, als Vorbild für die Idee einer analogen Klassifikation der Triebe. Speziell schwebt ihm ein großes europäisches Textarchiv von Rechtsfällen vor, wenn er in der Pitaval-Vorrede empfiehlt, »auch von andern Schriftstellern und aus andern Nationen, (besonders wo es sein kann, aus unserm Vaterland) wichtige Rechtsfälle aufzunehmen, und dadurch allmählig diese Sammlung zu einem vollständigen Magazin für diese Gattung zu erheben.« (S. 107) Die alphabetisch nach Straftätern geordnete Sammlung *Nachrichten von merkwürdigen Verbrechen in Deutschland* (2 Bde., Bornholm 1786) weist genau in diese Richtung.

9,26 *schmalen Umzäunung der Gesetze:* Der Kritik an den engen Paragraphen und Horizonten des kodifizierten Rechts entspricht im Bereich der Ästhetik die ähnlich großspurig vorgetragene Polemik gegen »allzuenge Pallisaden des Aristoteles und Batteux« in der »Vorrede« zu den *Räubern* (*Die Räuber. Studienausgabe*, s. Komm. zu 9,3, S. 9).

9,27 *Ungeheuer Borgia:* Als Beispiel für einen großen Bösewicht wird hier der skrupellose Machtpolitiker Cesare Borgia (1476–1507) angeführt, der als Modell für Niccolò Machiavellis *Il Principe* (1532) diente.

10,12 *Unglücklichen:* gängige Bezeichnung der Protagonisten in Kriminalgeschichten und Psychopathographien der Aufklärung, die erstens die Unschuldsvermutung bis zum Erweis des Gegenteils und zweitens die Möglichkeit zur Besserung oder Heilung betont.

10,14 *Mensch war wie wir:* Die These, dass jeder Mensch prinzipiell straffällig werden könnte, leugnet einen kategorialen Unterschied zwischen Verbrechern und anderen Menschen. Allein eine stets mögliche Straftat entscheidet darüber, ob jemand schuldlos oder schuldig ist. Noch in den Briefen *Über die ästhetische Erziehung des Menschen* heißt es: »Auch in den rohesten Subjekten findet man unverkennbare Spuren von Vernunftfreyheit, so wie es in den gebildetsten nicht an Momenten fehlt, die an jenen düsteren Naturzustand erinnern.« (*Über die ästhetische Erziehung des Menschen in einer Reihe von Briefen*, mit den Augustenburger Briefen hrsg. von Klaus L. Berghahn, Stuttgart 2000 [u. ö.], Universal-Bibliothek 18062, Brief Nr. 24, S. 97.)

10,17 *Rührung:* Werden die unteren Erkenntnisvermögen (»dunkles Bewußtseyn«) aktiviert, stellen sich Rührung und heiße Tränen ein, während es die oberen Erkenntnisvermögen mit den kühleren Verstandeskräften zu tun haben. Schiller grenzt sich mit solchen Begriffen von moralischen Erzählungen, etwa Johann Gottlob Benjamin Pfeils *Versuch in moralischen Erzählungen* (1757), oder sentimentalen Unterhaltungsstücken, z. B. denen August Wilhelm Ifflands, ab. Dennoch sind starke Diskrepanzen zwischen seinen Vorüberlegungen zum sachlichen Geschichtsschreiber und kühlen Leser auf der einen und den durchaus sensationellen, Spannung erzeugenden Zügen der nachfolgenden Geschichte hervorzuheben.

10,29 f. *durch hinreißenden Vortrag bestochen:* Die Kritik an rhetorischen Techniken, die zu Überredung statt Überzeugung führen, beherzigt Schiller in der Erzählung eigentlich nicht. Der Blick des Lesers wird z. B. durch raffinierte Perspektivwechsel und personale Erzählhaltung subtil gesteuert.

10,31 *republikanische Freyheit:* Freiheitspathos bestimmt Schillers gesamtes Jugendwerk, die frühen Gedichte ebenso wie die Dramen. Spätestens mit der *Verschwörung des Fiesko zu Genua* (1783) tritt auch der Kampfbegriff des Republikanischen hinzu.

10,32 f. *selbst zu Gericht zu sitzen:* Nicht zuletzt durch innovative literarische Techniken wie personale Erzählhaltung und erlebte Rede gibt der auktoriale Erzähler alten Stils mehr und mehr Urteilshoheit an den Leser ab, der sich dadurch dem Aufklärungsideal des Selbstdenkens annähert. Schillers Aufmerksamkeit für das Publikum verdankt sich zugleich der Schauspieltheorie. In Mannheim konnte er sie etwa bei seinem Kollegen und Konkurrenten August Wilhelm Iffland finden, dessen *Fragmente über Menschendarstellung* (1785) eigene Abschnitte über das Publikum enthalten.

11,2 *Dichter – Geschichtschreiber:* Schiller wertet in dieser Passage den kühl betrachtenden, von rhetorischen Künsten distanzierten Geschichtsschreiber gegen den Dichter auf und spielt damit auf die berühmte Formel aus der *Poetik* des Aristoteles an. Dort heißt es im 9. Kapitel: »Denn der Geschichtsschreiber und der Dichter unterscheiden sich nicht dadurch voneinander, daß sich der eine in Versen und der andere in Prosa mitteilt – [...] sie unterscheiden sich vielmehr dadurch, daß der eine das wirkliche Geschehen mitteilt, der andere, was geschehen könnte. Daher ist Dichtung etwas Philosophischeres und Ernsthafteres als Geschichtsschreibung; denn die Dichtung teilt mehr das Allgemeine, die Geschichtsschreibung hingegen das Besondere mit.« (*Poetik*, griech./dt., übers. und hrsg. von Manfred Fuhrmann, Stuttgart 1982 [u. ö.], Universal-Bibliothek 7828, S. 29) Auch in einem Brief an Caroline von Beulwitz betont Schiller 1788 den »Vorzug der Wahrheit, den die Geschichte vor dem Roman voraushat, könnte sie schon allein über ihn erheben.« (NA 25, S. 154)

11,7 *auch wollen sehen:* Typische Formulierung für das neue, pragmatische, auf das allmähliche Werden und Entwickeln eines Charakters abzielende Erzählverfahren »innerer Geschichten«, wie es maßgeblich Friedrich von Blanckenburg in seinem *Versuch über den Roman* (1774) fordert: »Jede wirklich werdende Begebenheit hat ein doppeltes Verhältniß; einmal ist sie Wirkung vorhergegangener, – und dann ist sie Ursache folgender Begebenheiten.« (Kap. II,2) In Johann Jakob Engels gleichzeitig erschienenem Essay *Ueber Handlung, Gespräch und Erzehlung* (1774) heißt es entsprechend und wiederholt, man müsse »eine Veränderung werden sehen«: »So wäre nun auf einmal die Beschreibung zur Erzehlung geworden; wir hätten nun diese Naturerscheinungen werden sehen und könnten Rechenschaft von ihrem Entstehen geben.«

11,16 f. *das Wunderbare:* Schiller spielt gegen die überkommene Ästhetik des Wunderbaren, wie sie Johann Jakob Bodmer (*Critische Ab-*

handlung von dem Wunderbaren in der Poesie, 1740) und Johann Jakob Breitinger (»Von dem Wunderbaren und Wahrscheinlichen«, in: *Critische Dichtkunst*, 1740) favorisieren, die neuen Kategorien der Wahrheit und Wahrscheinlichkeit aus.

11,25 *giftigen Schierling:* Den gefleckten Schierling (*Conium maculatum*) in diesem metaphorischen Kontext exemplarisch als eine der giftigsten heimischen Pflanzen anzuführen, geschieht hier sicher nicht ohne den juristischen Nebensinn des Hinrichtungsmittels im Altertum, etwa im Falle des Sokrates.

12,9 *er starb durch des Henkers Hand:* Durch die Vorwegnahme der Exekution kündigt der Erzähler das Folgende als historische und psychogenetische Herleitung an und ordnet den Text so zugleich dem Genre der sogenannten Schafottliteratur zu.

12,12 *Christian Wolf:* Während Abel bei dem authentischen Namen Friedrich Schwan bleibt, deutet Schiller durch seine Umbenennung bereits die Doppelnatur der Hauptfigur an. Er ist grausamer Täter (Wolf) und zugleich ein besserungsfähiger, reuiger Sünder (Christian). August Gottlieb Meißner, Mitbegründer des neuen Genres der Kriminalgeschichte, legt diese programmatische Doppelung seiner ›unglücklichen‹ Figuren bereits in Titeln an, z. B. *Blutschänder, Feueranleger und Mörder zugleich, den Gesetzen nach, und doch ein Jüngling von edler Seele* (1778). – Bei dem Namen Christian Wolf ist zudem an die Naturrechtslehre Christian Wolffs zu denken, dessen *Jus Naturae* (1740–48) für Schiller während seines Jurastudiums (1774/75) auf dem Lehrplan stand und die er im Zeichen eines humaneren, modernen Rechtsverständnisses kritisiert.

12,13 *…schen Landstadt:* In der Tradition der psychologischen oder juristischen Fallgeschichte werden Eigennamen abgekürzt, um einerseits die Wirklichkeit des Berichteten zu betonen, andererseits Persönlichkeitsrechte der Betroffenen zu wahren. Abel spricht schon im ersten Satz von »Eberspach, einem Wirtembergischen Dorfe«, als dem Geburtsort Schwans.

12,21 *Körper verabsäumt:* Um dem großen Bösewicht kontrastierendes Profil zu verleihen und seine Rache an der Gesellschaft vorzubereiten, zeichnet Schiller ihn hässlich und von der Natur benachteiligt. Franz Moors »Universalhaß gegen das ganze Menschengeschlecht«

(NA 22, S. 120) sowie seine Rebellion gegen die vermeintlich ungerechte Vaterordnung und Erbfolge sollte in den *Räubern* ebenfalls auf diesem Wege plausibel gemacht werden: In der ersten Szene schimpft er über seine »Lappländers Nase«, sein »Mohrenmaul«, seine »Hottentotten Augen« (ebd., S. 20). In der Erzählung sind die negroiden Züge Christian Wolfs auffällig (»kraußes Haar von einer unangenehmen Schwärze, eine plattgedrückte Nase und eine geschwollene Oberlippe«), die man bei einem württembergischen Wirtssohn nicht unbedingt erwarten würde. Auf dem Steckbrief zur Erfassung Schwans dominieren ganz andere Züge. Der Gesuchte sei »starcken Kopfs, weissen saubern Angesichts, dicker rother Backen, braun- oder vielmehr gelblechter kurzer glatter Haaren, schwarzbrauner Augen, breiter Schultern, und starcker Waaden« (s. Dokumente, S. 95).

13,10 *honett zu stehlen:* Den scheinbaren Widerspruch der Formulierung lösen die historischen Umstände auf: Während gewöhnlicher Diebstahl im 18. Jahrhundert als entehrend galt, versprach Wilderei in der bäuerlichen Bevölkerung aus drei Gründen einen Gewinn an Ehre: (1) als Auflehnung gegen das fürstliche Jagdmonopol und die durch Anfütterung und Treibjagden verursachten Flurschäden, (2) durch Nahrungsversorgung der armen Landbewohner, (3) als Mutprobe und Initiationsritual unter der Dorfjugend, die einem erfolgreichen Wildschützen sogar die Anerkennung junger Frauen einbrachte.

13,13 *Hannchens:* Schiller übernimmt auch hier nicht den Eigennamen aus der Fallgeschichte, Schwans Geliebte hieß Christina Müller. Im nächsten Absatz wird die Frau aus der Perspektive von Wolfs Nebenbuhler Robert Johanne genannt – nur so kann der raffinierte Übergang von der einen in die andere personale Erzählperspektive markiert und das jeweilige »sein« zugeordnet werden: »Robert triumphirte. *Sein* Nebenbuhler […] und Hannchens Gunst«, dagegen: »Wolf kannte *seinen* Feind, […] Besitzer *seiner* Johanne« (Hervorhebung A. K.).

13,20 f. *Edikt gegen die Wildschützen:* Ein konkretes, zeitnahes Edikt aus Württemberg konnte zwar nicht ermittelt werden, Titel wie Simon Rottmanners *Anmerkungen über das bayerische Mandat, welches in Betref der Wildschützen und Landcultur den 1. August 1778 er-*

schlichen, aber von dem Churfürstlichen Hofrath und Hofkammer zu Ehre und zum Nutzen des Vaterlandes unterdrücket worden (1778) belegen aber ebenso wie *Die Wildschützen. Ein Lustspiel mit Gesängen in drey Aufzügen* (1777) von Gottlob Stephanie d. J. aktuelle Diskussionen.

13,32 *Stolze, Noth und Eifersucht stürmen:* Nach dem jähen Perspektivenwechsel von Robert zu Christian Wolf ändert sich hier mitten im Satz das Tempus vom Imperfekt (»gesellte«) ins Präsens (»stürmen«).

14,19 f. *seine Schweine keinem Taugenichts anvertrauen:* Während der in Not und Hunger geratene verlorene Sohn im Lukasevangelium »aufs Feld zum Schweinehüten« gelassen wird (Luk 15,15), bleibt Schillers Verbrecher selbst diese minimale Ehre versagt.

14,21 *zum drittenmal Wilddieb:* Die Dreizahl – drei Vergehen, dreimalige Bestrafung, zuletzt auf drei Jahre Gefängnis, später drei Gnadengesuche – folgt nicht nur gängigen Erzählkonventionen, sondern in diesem Falle auch dem römischen Recht der *Carolina*, Art. 162: »Item wird aber jemandts betretten, der zum dritten mal gestolen hat, vnd solcher dreifachtiger diebstal, mit gutem grundt als vor von erfarung der warheyt gesatzt ist, erfunden würd, das ist eyn merer verleumbter dieb, vnd auch eynem vergewaltiger gleich geacht, vnd soll darumb [...] nach jedes landts gebrauch vom leben zum todt gestrafft werden.« (*Die Peinliche Gerichtsordnung Kaiser Karls V. und des Heiligen Römischen Reichs von 1532. Corolina*, hrsg. und erl. von Friedrich-Christian Schroeder, Stuttgart 2000 [u. ö.], Universal-Bibliothek 18064, S. 101 f.)

14,25 f. *Die Richter sahen in das Buch der Gesetze, aber nicht einer in die Gemüthsfassung des Beklagten:* Dieser Satz bringt die Rechtskritik auf den Punkt. Dabei geht es um den Übergang vom älteren Tat- zum modernen Täterstrafrecht, also eine Ergänzung der *Imputatio juridica* (Zurechnung des Tatbestands) durch die *Imputatio moralis* (Zurechnung der psychologischen Tatmotivation). Meißner bringt diesen Grundsatz in der Vorrede zur späteren Sammelausgabe seiner *Kriminalgeschichten* (1795) auf folgende Formel: »so vergesse man auch nie den großen Unterschied zwischen gesezlicher und moralischer Zurechnung; zwischen dem Richter, der nach Thaten, und demjenigen, der nach dem Blick ins Innerste des Herzens urtheilt.«

14,27 *solennen:* hier im Sinne einer besonderen Genugtuung.

14,28 f. *Zeichen des Galgens:* Als infamierende Strafe war die Brandmarkung durch Einbrennen von Zeichen oder Wörtern in die Haut schon im römischen Recht verankert. Im Herzogtum Weimar-Eisenach hatte die *Peinliche Gerichtsordnung Kaiser Karls V.* (die sog. *Carolina*, s. Komm. zu 14,21) trotz einzelner Novellierungen bis 1819 Bestand, während sie im aufgeklärten Preußen unter Friedrich dem Großen seit 1740 allmählich außer Kraft gesetzt und vom *Preußischen Landrecht* (1794) abgelöst wurde. Für den historischen Fall Schwans galt die auf der *Carolina* basierende *Württembergische Landesordnung* von 1567, die der Eleve Schiller an der Hohen Karlsschule studierte und die auch die Stigmatisierung durch Brandmarkung vorsieht.

14,32 *ganz anders, als er dahin gekommen war:* Schiller greift in diesem Absatz Topoi englischer Reformer des Strafvollzugs auf, etwa John Howards *Ueber Gefängnisse und Zuchthäuser* (Leipzig 1780), die auch in Deutschland bekannt waren. Die Festung als eine »Academie des Lasters« zu begreifen – so Heinrich Balthasar Wagnitz' Formulierung in *Historische Nachrichten über die merkwürdigsten Zuchthäuser in Deutschland* (Halle 1791) – ist als Motiv in Kriminalerzählungen der Zeit beliebt. Schiller verfügte zudem über die konkrete Anschauung durch Besuche seines 1777–87 auf dem Hohenasperg inhaftierten Freundes Friedrich Christian Daniel Schubart.

15,18 *meinen Hund:* Die »Führung eines Hunds« wird auch Schwan auf dem Steckbrief zugeschrieben (s. Dokumente, S. 95).

15,28 f. *Märtirer des natürlichen Rechts, und als ein Schlachtopfer der Gesetze:* Diskrepanzen zwischen dem Naturrecht des Menschen und seinem Rechtsgefühl auf der einen und dem positiven, kodifizierten Recht (das von einzelnen auch als ungerecht empfunden werden mag) auf der anderen Seite sind in den juristischen Reformdebatten ebenso präsent wie in den neuen Kriminalgeschichten.

17,2 f. *auf der Stirne gezeichnet:* Das Motiv des Kainsmals auf der Stirn (Gen 4,15) war im Sturm und Drang beliebt, Schiller konnte es etwa in Friedrich Maximilian Klingers Trauerspiel *Die Zwillinge* (1776) finden, das auch nicht ohne Einfluss auf die *Räuber* war: »ich will dich würgen, wie Kain, und verflucht, den Mord auf der Stirne, herumirren.« (Szene I,2; M. K., *Die Zwillinge. Ein Trauerspiel in fünf Aufzü-*

gen, mit einem Nachw. von Karl S. Guthke, Stuttgart 1992, Universal-Bibliothek 438, S. 13) – »Rächer! Rächer mit flammendem Schwerdt! Hast Du eingegraben auf meine Stirne den Mord?« (Szene IV,4; ebd. S. 58)

17,6 *Galliottendienst:* Dienst eines Galeerensklaven auf einem kleineren Schiff (Galiote).

17,18 *schändliche Krankheit:* Der Kontext legt eine Geschlechtskrankheit wie Syphilis nahe, allerdings ist zu bedenken, dass der Leser hier auf die subjektive Perspektive Christian Wolfs eingeschränkt bleibt.

18,11 *Erniedrigung:* Verweis auf den Titelbegriff der verlorenen Ehre, in der Journalfassung steht hier erneut »Infamie«.

18,26 *hatte ich eine Kugel für meinen Entdecker bereit:* Im Kontext der Geständnisrede wäre das ein wichtiger Hinweis auf einen bestehenden Mordplan, der zur Erwägung strafmildernder Umstände im Falle einer Affekttat (Totschlag) in Beziehung zu setzen wäre.

19,6 *Ich will anschlagen:* Die Tötung des Nebenbuhlers wird im Präsens eingeleitet und dann – bei stark verlangsamtem Tempo – wiederum im Präteritum erzählt. Auch Abel gestaltet diesen Höhepunkt als *slow motion*: »Aber noch vermochte er nicht, die furchtbare That zu begehen. Alle Greuel des Mords giengen dunkel und schnell, aber schreckend und furchtbar durch seine Seele. Er zog die Flinte zurück, um sie wieder gegen den Hirsch zu richten; aber sogleich übermannte ihn die Wuth aufs neue, er zielte wieder gegen seinen Feind, und zog wieder zurück, viermal zielte er also aufs neue, und viermal zog er wieder zurück. Endlich bemeisterte sich eine gänzliche Verwirrung seiner Sinne, Kampf und Wuth und Schrecken umnebelten seinen Geist, die Wuth siegte, er schoß, und vollbracht war sein erster Mord« (S. 71).

19,33 *helles Gelächter:* Wie das Kainsmal teilt Christian Wolf das wahnsinnige Gelächter nach der Tat mit Klingers Guelfo (*Die Zwillinge*, IV,4; s. Komm. zu 17,2 f.).

20,14 *Exekution einer Kindermörderin:* Die Abschaffung der Todesstrafe für Kindermörderinnen war im späten 18. Jahrhundert nicht nur ein Brennpunkt in den Debatten um Rechtsreformen, sondern auch ein beliebtes literarisches Motiv (z. B. Goethes Gretchentragödie im *Faust*, Heinrich Leopold Wagners *Die Kindermörderin*). Schiller trägt

1782 mit der Ballade *Die Kindsmörderin* zu dieser Mode bei. Christian Wolfs unwillkürliche Kindheitserinnerung an diese Spielart des frühmodernen Straftheaters verweist auf die pädagogische Praxis der Zeit, Jugendliche zu Exekutionen oder in Irrenhäuser mitzunehmen, um sie so vor den Gefahren von Verbrechen und Wahnsinn abzuschrecken.

20,27 *brachte mich zu mir selbst:* Die Formulierung legt nahe, dass Christian Wolf – jedenfalls seiner Erinnerung zufolge – bis zu diesem Zeitpunkt außer sich war, im juristischen Sprachgebrauch der Zeit sich also während und kurz nach der Tat als nicht zurechnungsfähig bezeichnet hätte.

21,7–13 *wollte – gehalten seyn:* Bemerkenswert klarsichtig antizipiert Wolf die möglichen Schlussfolgerungen der Strafermittler und verändert dementsprechend den Tatort.

21,14f. *vier deutsche Meilen:* Eine deutsche Meile betrug 7,532 Kilometer.

24,11 *Der Sonnenwirth:* Erstmals fällt an dieser Stelle der damals allseits bekannte Beiname Schwans, Sohn des Metzgers und Wirts des Gasthauses »Zur Sonne«. Einige spätere Bearbeitungen des Falls und von Schillers Erzählung führten diesen Namen auch im Titel: *Der Sonnen-Wirth, ein Trauerspiel in fünf Aufzügen* (anonym, Bremen 1793); Heinrich Ehregott Linck: *Der Sonnenwirth* (Vaihingen 1850); Wilhelm Friedrich Wüst: *Der Sonnenwirthle oder Leben und Thaten des berüchtigten Räubers und Mörder Johann Friedrich Schwan von Ebersbach* (Reutlingen 1854); Hermann Kurz: *Der Sonnenwirth. Schwäbische Volksgeschichte aus dem vorigen Jahrhundert* (Frankfurt 1855).

25,16 *tiefe Kluft:* Der Tief- und Wendepunkt von Christian Wolfs Entwicklung wird hier auch topographisch verdeutlicht: Die Räuberbande haust mit wilden Bestien in einer Art »Abgrund der Hölle«. Erst die Erfahrung als Räuberhauptmann lehrt den Verbrecher, »wie tief er gefallen war« (S. 25,30; 29,23). Die Passage spielt auch auf den antiken Mythos von Herkules am Scheideweg an (Xenophon, *Memorabilien* II,1,21–34), wie Herkules muss sich Wolf zwischen dem mühelosen, aber verwerflichen Weg des Verbrechens und dem beschwerlichen der Tugend entscheiden.

26,1 f. *es umhallt mich wie Hohngelächter der Hölle:* Die Darstellung solcher innerer, von einem unbestimmten »es« hervorgerufenen Wahrnehmungen, in diesem Fall akustischer Halluzinationen, tragen zu dem perspektivenreichen, ›modernen‹ Erzählverfahren bei.

27,10 *Blödigkeit:* veraltete Wendung für Schüchternheit.

28,5 *übergehe ich ganz:* Hier meldet sich der Erzählerherausgeber, dem wohl auch die Einleitung zuzuschreiben ist, energisch zurück und signalisiert, dass er allein die Auswahl über die mitgeteilten Dialoge, Aussagen, Verhörprotokolle nach Maßgabe der Zumutbarkeit und des belehrenden Gehalts getroffen hat.

28,14 f. *die Gerechtigkeit suchte ihn:* Der Steckbrief zur Ergreifung Schwans bietet dafür ein Muster (s. Dokumente, S. 95 f.).

29,14 *entsezlichen Träumen:* Wie schon bei Franz Moor, der durch einen apokalyptischen Traum in den Wahnsinn getrieben wird, bewirken innere Seelenkräfte – »Todesangst«, »Gespenst des Argwohns«, das »verstummte Gewissen«, »Natter der Reue« – Christian Wolfs Umkehr.

30,32 *Gnade für Recht:* Eine Begnadigung (Gnade *vor* Recht) durch den absolutistischen Herrscher kann zwar eine Todesstrafe abwenden, nicht aber Unrecht in Recht verwandeln, also auch die verlorene Ehre nicht wieder herstellen. Anders wäre das beim Erweis einer falschen Beschuldigung, eines Fehlurteils oder Justizirrtums.

31,12 *Königs von Preußen:* Da der württembergische Herzog Carl Eugen sich im Siebenjährigen Krieg (1756–63) auf die Seite Österreich-Frankreichs schlug, erhofft sich Wolf einen Ausweg durch eine Flucht ins gegnerische Preußen unter Friedrich dem Großen (1712–1786).

31,31 f. *Physiognomen:* Die große Erfahrung des Torschreibers bei der Taxierung von Reisenden passt gut in die Erzählung, seinem »Falkenblick« entgeht nicht leicht ein getarnter Verbrecher. Schiller hat Christian Wolf gegenüber dem historischen Vorbild Friedrich Schwan weitaus grimmigere und bedrohlichere Züge verliehen, die jetzt zur schicksalhaften Wendung beitragen. In der Theorie ist er aber zurückhaltender, in § 22 seiner medizinischen Dissertation neigt Schiller der Pathognomik eher als der Physiognomik zu und erklärt letztere als allmählich habitualisierte Züge häufig wiederholter Ausdrucksgebärden. Schließlich heißt es kritisch: »Eine Physiognomik organischer Theile [...] ist vielleicht nicht unmöglich, dörfte aber wohl so bald nicht erscheinen, wenn auch Lavater noch durch zehen Quartbände schwärmen sollte.« (NA 20, S. 70)

32,10 *Oberamtmann:* In dem historischen Fall Friedrich Schwans war der Oberamtmann Konradin Ludwig Abel (1718–1796), der Vater von Jacob Friedrich Abel (1751–1829), Schillers Lehrer an der Hohen Karlsschule. Vater Abel berichtet am 7. März 1760 an den Herzog über die erfolgreiche Festnahme des Sonnenwirts. Dieser Bericht dürfte seinem Sohn mindestens aus mündlichen Erzählungen bekannt gewesen sein, jedenfalls geht man davon aus, dass Schiller auf diesem Wege Details erfuhr, die sich auch in seinem Text wiederfinden, z. B. die Rolle des aufmerksamen Torwächters; der gültige, aber entwendete Pass; das körpersprachlich verdächtige Betragen; das gestohlene Pferd; die Einladung zum weiteren Gespräch ins Amtshaus; die plötzliche Flucht; die Drohung mit (nicht zum Schuss bereiten) Pistolen; das beherzte Eingreifen eines jungen Bürgers; der Abgleich des Verdächtigen mit dem Steckbrief; die Arretierung über Nacht; das Verhör am folgenden Morgen; ein schriftliches Gnadengesuch; die fast gleichlautende Geständnisformel am Schluss: »Ich bin der Sonnenwirth« (S. 35), »Er seye der so genannte Sonnenwirthle« (s. Dokumente, S. 99). In Jacob Friedrich Abels Erzählung findet sich Schillers Formulierung im gleichen Wortlaut: »Ich bin der Sonnenwirth« (S. 84).

32,19 *Janhagel:* Pöbel, Mob

33,4 f. *unerbittliche Nemesis:* Die griechische Göttin der strafenden Gerechtigkeit spielt bei Schiller seit den *Räubern* eine große Rolle (»O unbegreiflicher Finger der Rachekundigen Nemesis!«; *Die Räuber. Studienausgabe*, s. Komm. zu 9,3, Szene IV,5, S. 109). Statt einer moralischen Strafinstanz steckt dahinter die Idee einer sich selbst ausgleichenden Gerechtigkeit. Herders Essay *Nemesis. Ein lehrendes Sinnbild* (1786) war für die Diskussion in Weimar einschlägig, Schiller bestätigte ihm auf einem Spaziergang seine Übereinstimmung im Gedanken an die Nemesis als »G e s e t z des M a a s e s« (NA 24, S. 124).

33,12 f. *einen Weg durchs Gedränge bahnen:* Nach Schillers späterer Ästhetik wäre diese physisch ausweglose Situation – wenn »das Schicksal die Aussenwerke ersteigt« (NA 21, S. 51) – geeignet, die Empfindung des Erhabenen aufkommen zu lassen. Ein anderes frühes Beispiel dafür findet sich in den *Räubern*, als die Bande in den böhmischen Wäldern eingekesselt ist, »kein Raum zum Entrinnen« bleibt und Karl Moor tollkühn ausruft: »Tod oder Freyheit!« (*Die Räuber. Studienausgabe*, s. Komm. zu 9,3, Szene II,3, S. 72, 76)

33,14 *gebietet eine allgemeine Pause –:* Wie die Dialogpassagen rückt diese mit einem theatralischen Gedankenstrich versehene Bemerkung den Text in die Nähe der Dramenliteratur. Nicht nur die Rolle des Publikums wird in den zeitgenössischen Debatten zur Schauspielkunst erörtert (s. Komm. zu 10.32 f.), sondern auch der gezielte Einsatz von Pausen, um die Spannung zu erhöhen und dem Darsteller Freiraum für seine Gebärdenkunst zu geben. Auch hierzu trägt Schillers Mannheimer Kollege Iffland in den *Fragmenten über Menschendarstellung* (1785, Kap. 8) bei.

35,8 f. *ich trotze der Gewalt:* Die Wendung wäre ebenfalls dem Vokabular des Erhabenen zuzuordnen, das auf unbeugsamem Widersetzungsvermögen beruht, zunächst physischem, dann geistigem. Schon an früherer Stelle heißt es: »Er wollte ertrotzen, was ihm verweigert war« (S. 12,28); ganz ähnlich in den *Räubern*: »daß ich das mit Gewalt ertrotze, wozu mir die Liebenswürdigkeit gebricht« (*Die Räuber. Studienausgabe*, s. Komm. zu 9,3, Szene I,1, S. 22).

35,26 *Schreiben sie es ihrem Fürsten:* Genau das tat das historische Vorbild des Amtmanns, Konradin Ludwig Abel, mit einem Bericht an Herzog Carl Eugen am 7. März 1760 (s. Dokumente, S. 97–99).

35,30 *Thräne:* Christian Wolf setzt seine Hoffnung auf den gütigen, verständigen, verzeihenden, empfindsamen Vater nach dem Modell von Lessings Sir William Sampson oder des Königs Aridäus im *Philotas*, das wiederum als Vorbild für die politisch verstörende Szene im *Don Karlos* taugt: »Der König hat geweint« (*Don Karlos. Infant von Spanien.* Ein dramatisches Gedicht, Stuttgart 2001, Universal-Bibliothek 38, Szene IV,24, S. 182).

4 Jacob Friedrich Abel: Lebens-Geschichte Fridrich Schwans (1787)

Vorrede.

Diese Sammlung ist eine Fortsetzung jener Schrift, die ich schon vor einigen Jahren unter dem Titel: Sammlung und Erklärung merkwürdiger Erscheinungen herausgegeben; Ich rede also hier nicht von meinem Plan überhaupt, sondern blos von dem vorzüglichsten Inhalt dieses gegenwärtigen Theils, den Lebensbeschreibungen.

Selten hat man Lebensbeschreibungen aus dem grossen Gesichtspunct betrachtet, aus dem sie betrachtet zu werden verdienen.

Alle Veränderungen der Körper erfolgen nach bestimmten physischen Gesezen, aber alle sind zugleich Mittel zu Erreichung des grossen Zwecks der Vorsehung d.i. der Erhaltung der Körper und Entwicklung und Beglückung der Geister. Auch alle Begebenheiten des Menschen erfolgen nach bestimmten physischen und psychologischen Gesezen, aber alle erreichen auch zugleich einen grossen Zweck der Vorsehung: Wachsthum und Entwicklung der menschlichen Seelenkräfte und durch diese des menschlichen Glücks, wo nicht in dieser, wenigstens in einer andern Welt.

Hieraus allein läßt sich der Character guter Lebensbeschreibungen beurtheilen.

Der aufmerksame Leser lernt aus denselben nicht nur, welche Wirkungen auf bestimmte Ursachen folgen, d.i. die Geseze der menschlichen Natur, sondern auch, welche Absichten der Vorsehung durch alle diese Wirkungen oder Begebenheiten erreicht werden (d.i. die Geseze der Weltregierung oder der Vorsehung) kurz die Geschichte wird in diesem doppelten Sinn Schule der Weißheit.

Weißheit ist nur wichtig, sofern sie unsere Empfindungen, Neigungen und Handlungen bestimmt. Auch zu dieser Absicht muß der Geschichtschreiber sein möglichstes beytragen, indem er nicht nur die Begebenheiten gerade von der moralischen Seite darstellt, oder den Leser durch eingestreute Reflexionen selbst auf diese hinleitet, sondern indem er auch alles, was auf Moral Beziehung hat, mit dem Reiz und mit der Wärme und Stärke ausdrückt, die, selbst aus dem innersten des Herzens entsprungen, eben so tief in das Herz des Lesers eindringt.

Uebrigens wird man so viele, in die beyden ersten Erzählungen eingestreuten, Reflexionen durch die psychologischen Zwecke dieser Schrift und die Erzählung von so manchen scheinbaren Kleinigkeiten durch Lokalumstände und Lokalabsichten entschuldigen.

Lebens-Geschichte Fridrich Schwans.

Fridrich Schwan, gebohren im Jahr 1729 zu Eberspach, einem Wirtembergischen Dorfe, ward durch seine Räubereyen und Mordthaten, eben so wie durch die ausserordentliche Kühnheit und Geschicklichkeit, mit welcher er sie begieng, so berühmt, daß er lange der Gegenstand des allgemeinen Schreckens gewesen, und daß noch jezt in mehreren Gegenden Wirtembergs sein Nahme (Sonnenwirth nannte man ihn nach seinem Vater, der Sonnenwirth in Eberspach war,) der allgemeine Nahme eines Räubers und Mörders ist.

Aus dem Munde dieses Bösewichts, den ich ein halb Jahr lang beynahe alle Tage sah, und aus der Erzählung mehrerer, verständiger Männer, denen er am Ende seines Lebens alle seine Verbrechen aufs offenherzigste eingestanden, hörte ich oft die Geschichte seiner Laster und seines Unglücks, und sie schienen mir merkwürdig genug, sie in einer ausführlichen Erzählung darzustellen.

Kindheit und Knabenalter.

Schwan war von der Natur mit ausserordentlichen Anlagen des Geistes ausgerüstet; voll Verstand, Wiz, Einbildungskraft und Gedächtniß, voll Thätigkeit und Feuer, Entschlossenheit und Kühnheit, trug er den Keim jeder grosen Tugend und jedes grosen Lasters in sich, und es hieng nur von der äusserlichen Lage ab, ob er Brutus oder Catilina werden sollte.

Alles schien sich erst zu vereinigen, um seine glückliche Anlagen zu begünstigen.

Seine Eltern, die ihn sehr liebten, versäumten nichts von dem, was man gewöhnlich Erziehung nennt, d.i. sie nahmen ihn öfters in die Kirche mit sich, schickten ihn fleissig in die Schule, und lehrten ihn durch Hülfe eines sehr eifrigen Schulmeisters Lesen, Schreiben, den Catechismus und eine Menge von Gesängen und biblischen Sprüchen. Auch machte der junge Schwan in der That grose Fortschritte. Nur wenige von allen Knaben des Dorfs lasen und schrieben so fertig, wenige lernten so viele Gesänge und Sprüche und noch in seinem Gefängnisse, nach mehr als 15, in der höchsten Roheit und Ausschweifung durchlebten, Jahren, sagte er eine Menge derselben zum freudigen Erstaunen der ihn zum Tod bereitenden Geistlichen und in der That zu seinem eigenen grosen Vortheile auswendig her.

Aber bey all dieser scheinbaren Fortbildung ward seine Seele doch in der That jeden Tag verschlimmert, zum sichern Erweiß, daß jene Mittel bey weitem noch nicht hinreichen, den grosen Zweck, Erziehung der Kinder-Seele, zu erreichen.

Ich versuche, den Gründen dieser Verschlimmerung so tief als möglich, nachzuspüren.

Kinder suchen, wie alle Menschen, nichts als Vergnügen, und zwar (denn welches andern ist das noch ganz gedankenleere Kind sonst fähig?) nichts als sinnliches Vergnügen; Essen, Trinken und Schlafen, nebst körperlicher Thätigkeit, Springen, Spielen, Schlagen, Stosen etc. diß sind die einzigen Gegenstände ihrer Wünsche und ihrer Beschäftigung. Auch greifen sie nach allem, was ihnen wohlgefällt, und stosen mit Abscheu zurück, was ihnen misfällt: denn was sollte sie, die noch nicht über die Folgen nachdenken, zurückhalten? Diese ernsten Aeusserungen unsers Willens sind (welches man schon aus ihrer Nothwendigkeit und Allgemeinheit schliessen muß) im Anfang unsers Daseyns ohne Zweifel sehr vortheilhaft zur Erhaltung des Lebens und zur allerersten Entwicklung der noch gänzlich ungebildeten Seele, und wir verzeihen sie daher gerne den Kindern und Wilden. Aber wird jene Begierde immer vermehrt, und nicht vielmehr mit der Zeit von dem sinnlichen ab, auch auf entferntere und edlere Gegenstände hingerichtet, lernen wir nicht einem geringern Vergnügen entsagen, um kein höheres zu verlieren, oder keine höhere Pflichten zu verlezen: so werden diese ursprünglich unschuldige und nüzliche Aeusserungen bald für uns und andere verderblich; so werden wir nicht blos Thoren, die um das nächste, beste Vergnügen nicht zu versäumen, sich viel gröseren Schmerzen aussezen, sondern auch Bösewichter, die um ihre eigene Leidenschaften zu befriedigen, alle andere Menschen aufopfern, und ihnen Geld, Ehre, Leben – alles rauben.

Schwan war in diesen ersten Aeusserungen nicht verschieden von allen andern Kindern, ausser, daß er wegen seines angebohrnen Feuers alles mit ungewöhnlicher Leidenschaft anfaßte: aber er hatte das Unglück, daß der Wiz, die Artigkeit, der Anstand, mit welchem er alles that, den Beyfall aller Menschen erwarb, und daß besonders eine nachsichtsvolle Mutter seinen Fehlern lange gänzlich nachsah, und sie sogar vor seinem Vater verbarg; wodurch dann seine schon durch Temperament so heftige Leidenschaft immer noch heftiger und ausgelassener, und die Verlezung derselben ihm so unerträglich wurde, daß er sie ohne Rücksicht auf irgend etwas – auch auf Unkosten aller Menschen – zu befriedigen suchte. Auf diese Art wurden jene Kinderspiele allmählich zu boshaften Bubenstücken. Er war kaum 8 Jahre alt, so jagte er den Nachbarn zum Scherz die Hüner fort, schlug ihnen aus guter Laune die Gänse todt, oder hezte die Hunde an ihre Kinder und Weiber, um sich an ihrem Geheul und ihrer komischen Stellung zu ergözen.

Ein Umstand pflanzte bald noch schlimmere Neigungen in seine Seele; mit jedem Tag ungestümmer in seinen Leidenschaften, und so lange gewohnt, jede, auch die schlimmste Neigung ungestraft und ungehindert befriedigen zu können, ward er über jede verweigerte Bitte, oder Bestrafung seines Vaters wütend, und mit Neigung zur Ausschweifung und Ausgelassenheit, mit Tollkühnheit und Stolz, welche die lange Nachsicht und die so lange glückliche Befriedigung seiner ungezäumteren Wünsche hervorgebracht hatte, verband sich jezt Zorn und Wuth gegen jeden, der ihm im Weg stand, und insbesondere Abscheu gegen seinen Vater, der ihn nun um so heftiger zu bestrafen suchte, je mehr ihm bisher nachgesehen worden. Selbst schon die Bestimmung zu einem Fleischer, dem Geheul, Seufzen und Tod der Thiere gewöhnliche Gegenstände werden, und der Aufenthalt in einer Schenke, wo er so häufig Beyspiele der Roheit und Ausgelassenheit zu sehen Gelegenheit hatte, mußten bey einem solchen Temperament viel zur Verstärkung roher Gesinnungen beytragen. Kurz war er noch nicht aus dem Knaben-Alter getreten, als er schon nicht nur der ausgelassenste, sondern auch der stolzeste, rachsüchtigste, und während der Rachsucht grausamste Bube war.

Noch werden in seinem Geburtsorte eine Menge von Beyspielen erzält, die diese frühe Verderbniß seiner Seele erweisen; ich begnüge mich ein einziges anzuführen.

Der Knecht seines Vaters unterstand sich, schlauer seyn zu wollen als der Sohn; diese Kühnheit konnte der stolze Bube nicht ungerächt lassen; Er stand mit gröster Beschwerlichkeit jedesmal in der Mitternacht auf, beraubte die Güterwagen, die unter seines Vaters Hause standen und die der Knecht gegen Diebe beschüzen sollte, und brachte den Raub seinem Vater, der sodenn nicht unterließ, die Dummheit und Nachlässigkeit des Hausknechts zu bestrafen.

Aber noch war nicht jeder Saame des Guten erstickt; Seine Thätigkeit und Herzhaftigkeit, sein Wiz, seine Verschlagenheit und Kenntnisse nahmen täglich zu, sein Herz schien in eben dem Grad fühlbarer für seine Freunde zu werden, in dem es an Wuth gegen seine Feinde wuchs, und sogar die Religion hatte nicht allen Eindruck auf seine von Natur gefühlvolle Seele verlohren; kurz der boshafte Junge war zugleich geschickt, verschlagen, lebhaft, herzhaft, und ausser den Augenblicken der Rachsucht und des Zorns, mitleidig, gutherzig und freigebig.

Nirgends zeigen sich die Ueberreste der Tugend auffallender, als da, wo sie das schon eingewurzelte Laster selbst zurückhalten oder dasselbe wenigstens minder verabscheuungswerth machen. Schwan, so sehr er es in seiner Gewalt hatte, seine Rachgier durch blosse Verschlagenheit und heimliche Tücke, wo er gar keine Gefahr lief, auszuüben, wählte doch gewöhnlich lieber den gefährlichen, aber minder ehrlosen Weg des Zweykampfs, meistens mit Fäusten, aber auch bisweilen mit Messern. Noch war er nicht zehen Jahr alt, als er einen Knaben, der ihn eines Diebstals beschuldigt hatte, auf offener Strasse aufsuchte, sein Messer in die Hand nahm, dem Knaben ein anders in die Hand gab, und nun ihm befahl, sich gegen ihn zu wehren. Nur als der Knabe sich weigerte, strafte er ihn auf gemeine Weise, mit Schlägen ab.

Jünglings-Alter.

Das Knaben-Alter legt zwar meistens den Grund, aber selten entscheidet es den Character. Der heftige Schwung, zu welchem die Leidenschaften des Jünglings emporgehoben werden, neue Neigungen und neue Situationen – alles vereiniget sich, diesem Alter noch einen sehr wichtigen Einfluß auf die Bestimmung unsers Characters und unsers Lebens zu geben.

Insbesondere äussert die neue Leidenschaft, die in diesen Jahren zum erstenmale erwacht, den mächtigsten Einfluß. Man ist aus gewissen Romanen geneigt, die Liebe als Triebfeder verfeinerter und edler Gesinnungen anzusehen, und in der That kann und soll sie auch den Absichten der Natur gemäs als Mittel der erhabensten Tugend wirken. Aber ganz gewiß zerstört sie bey unserer jezigen Erziehung und Gesezgebung Tugend und feine Gesinnungen viel häufiger und wird bey einer sehr grossen Anzahl von Menschen die Epoche ihrer Laster und ihres Unglücks.

Man mußte daher mit Gewißheit erwarten, daß Schwan an dieser Klippe scheitern würde, wenn er nicht mit größter Vorsicht geleitet und hinüber geführt würde, und, ach niemand verstand, ihn zu führen. Zwar schien er durch den Schulmeister, in dessen Hause er ein Jahr zubringen mußte, gebessert zu seyn, auch machte der Tod seiner ihn so sehr liebenden Mutter und die Heyrath seines Vaters mit einer andern Frau wirklich einen Eindruck auf ihn, aber diese Veränderung war nichts weniger als dauerhaft. Der feurige Knabe war kaum in die Jünglings-Jahre getreten, als sich die Wollust, eine seinen rohen Gesinnungen und seinem Temperament so angemessene Leidenschaft, schon seiner ganzen Seele bemeistert hatte, und von diesem Augenblick an nahm seine Verschlimmerung mit jedem Tage zu. Zur Befriedigung der Wollust fehlte es ihm an Geld, und sein Vater weigerte sich, ihm etwas zu geben; Sogleich ward seine Wollust gerade durch das was sie zurückschrecken sollte, noch viel heftiger, Zorn und Wuth gegen seinen Vater, seine Mutter, und alle Menschen, verband sich mit ihr, und er ergriff nun die verabscheuungswürdigsten Mittel, die einzige Leidenschaft, die jezt seine wilde Seele erfüllte, zu befriedigen. Indessen konnte (zur Freude jedes Menschenfreundes schreibe ich diese Beobachtung nieder) auch in einer schon so verdorbenen Seele ein neues Laster doch nur langsam und allmälig sich einwurzeln; Zuerst versuchte er daher alle möglichen Wege, seine Bedürfnisse ohne Verbrechen zu befriedigen – Umsonst; Seine Bedürfnisse und seine Verschwendungen überwogen zu sehr seine Einkünfte: und nun erst – nach manchen mislungenen Versuchen – that er den ersten furchtbaren Schritt und ward Wilddieb.

Er wird Dieb.

Das Verbot, wilde Thiere zu schiessen, wenn gleich durch wichtige Gründe gerechtfertigt, hat doch öfters für die niedere Classe des Volks, die dadurch in einer Lieblings-Neigung eingeschränkt wird, etwas so anstößiges, und die nach Verhältniß des Verbrechens so fürchterlichen Strafen, welche auf seine Uebertretung gesezt sind, halten diese Gesinnung so wenig zurück, daß kühne und unternehmende Jünglinge öfters sogar eine Ehre darin finden, das verhaßte Verbot mit Füßen zu treten, und sich, indem sie sich gegen die Geseze des Staates versündigen, als Beschüzer ihrer Mitbürger, als grosmüthige Vertheidiger der Rechte der Menschheit ansehen. Es ist also gar leicht begreiflich, daß ein so unternehmender, kühner und boshafter Junge sich wenig scheute, dieses unrechtsmäsigen Mittels sich zu bedienen, und daß er nun das Wildern zu seiner ordentlichen Beschäftigung und Lebens-Art wählte.

Diesem ersten Schritte war ein anderer, das Schiessen der Enten, Gänse etc. die er auf seiner Jagd antraf, zu genau verwandt, und seine Noth öfters zu dringend, als daß er nicht im Nothfall auch dieses Mittel gewählt haben sollte, um so mehr, da er schon ehmals eben diß aus Laune gethan hatte. Immer ward nun der Fortschritt im Laster plözlicher.

Schwan haßte von Jugend auf niemand so sehr als seinen Vater, und auch jezt war es vorzüglich dieser, dem er seine grose Noth und Mangel zuschrieb; Auch sehen öfters rohe Leute die Beraubung ihrer Eltern, deren Besizungen sie als ihr Eigenthum betrachten, nicht für so schändlich an; Kurz Haß, Rachsucht, Wollust und Verzweiflung verband sich, und er begieng jezt einen neuen, viel wichtigern Diebstal.

Ich erzähle die Geschichte dieses Diebstals etwas weitläuftiger, weil er Schwans ganzen Character so sehr ins Licht sezt.

Als sein Vater einst verreißt war, bemerkte er bey seiner Zurückkunft, daß ihm 430 Gulden fehlen. Alle Welt beschuldigte sogleich den Sohn (so übel berüchtigt war er längst) des Diebstals, und er selbst, von Angst herumgetrieben, machte schon Anstalten zu entwischen, als man sich jezt seiner zu bemächtigen versuchte. Der 16jährige Bube war sogleich entschlossen, ergriff ein Messer, und drohte jeden zu ermorden, der sich ihm nähern würde; Alles floh zurück, und er hatte nun Gelegenheit, sich in ein Haus zu flüchten, wo er sich rücklings auf einen Kasten legte, das Messer in die darneben stehende Bettlade steckte, und in dieser Verfassung seine Verfolger erwartete. Eine Anzahl von Bürgern drang in das Zimmer, der Bube nahm es mit allen auf, und das Gefecht ward heftig und dauerhaft. Endlich ward er bezwungen, auf das Rathaus geführt und in das Gefängniß geworfen, aber er läugnete alles hartnäckig, brach nach wenigen Tagen aus demselben los, und floh nach Heilbronn. Dem muthwilligen Jungen war es nicht genug, entwischt zu seyn; Er wollte auch seine Rachsucht, seinen Stolz und Troz befriedigen; Plözlich erschien er daher wieder in einer Husaren-Montur, mit Paß und Attestaten, als wäre er unter einem Ungarischen Husaren-Regiment angeworben, ertrotzte von dem Amtmann ein Attestat, daß er von ehrlichen Eltern gebohren sey, und höhnte Vater und Mutter und alle Bürger des Orts, bis er endlich, entzückt über das Glück seiner Unternehmungen, nach Eßlingen ritt. Hier hörte er, daß man ihn öffentlich jenes Diebstals beschuldige, vorzüglich deswegen, weil er im Wirthshaus mit schwedischen Dukaten und halben Gulden bezahlt, dergleichen unter dem gestohlenen Geld auch gewesen; plözlich kehrte er daher nach Eberspach zurück, ritt in wütender Eile vor des Amtmanns Haus, forderte ihn mit dem wildesten Troz auf, ihm den halben Gulden zu zeigen und herauszugeben, den er bezahlt haben soll, und drohte, daß er auf der Stelle 16 Husaren herbeyrufen würde, die das ganze Dorf zerstören sollten; Hierauf ritt er eben so wütend nach seines Vaters Haus, forderte auch von diesem den halben Gulden, klopfte dann mit der Hand auf die Beinkleider, und schrie ihm höhnend zu: Sieh da sind die übrigen schwedischen halbe Gulden; warte nur etliche Stunden, ich will erst im Dorf herumreiten, dann wirst du noch mehr erfahren. Als der Vater hierauf die Treppe herunter eilte, floh der Sohn mit dem blossen Degen in der Hand davon, schwärmte denselben Abend und noch etliche Tage nach einander in dem Flecken und ausser demselben herum, drohte alle Häuser anzuzünden, und alle Bürger des Dorfs zu erschiessen, und gieng wirklich auch einmal auf einen seiner Feinde, den Degen in der Faust, los.

Alles war in gröstem Schrecken; niemand hatte Muth genug ihn anzugreiffen. Endlich schoß man mitten im Dorf nach ihm, sein Pferd ward unter ihm getödtet, er selbst lag verwundet, ward also leicht gefangen, und nach geschehener Ueberweisung in das Zuchthaus nach Ludwigsburg abgeführt.

Das Zuchthaus hatte bey Schwanen die Folgen, die durchaus alle Zuchthäuser haben müssen, so lange ihre bisherige Einrichtung beybehalten wird. Er kam zehnmal schlimmer zurück, als er hineingegangen war. Schlimme Beispiele, Entfernungen von allen guten Menschen, Inngrimm über diejenigen, die an seiner Bestrafung einigen Antheil hatten, Ausziehung jedes Gefühls von Ehre, die er nun auf ewig nicht mehr herstellen zu können glaubte, und endlich Einsamkeit, die in diesem Zustand und bei einem solchen Character fürchterliche Wirkungen haben muß, alles diß vereinigte sich seine Seele zu verschlimmern.

Indessen war Schwan auch jezt noch nicht gänzlich verdorben, und es war daher, besonders, da alle seine bisherigen Diebstäle nur aus Rachsucht oder aus Bedürfniß flossen, noch nicht alle Hoffnung zu seiner Besserung verlohren. Aber eine Begebenheit, die bey einer andern Wendung ihn vielleicht zur Tugend hätte zurück führen können, vollendete sein Verderben. Der Unglückliche versank nun ganz in den Abgrund des Lasters.

Er wird Mörder.

Schwan lernte nach seiner Zurückkunft aus dem Zuchthause die Tochter eines armen Bauers aus Eberspach kennen. Ihre Person war schön, ihr Verstand lebhaft, und ihr Herz fühlbar und natürlich. Sie hatte nur den Fehler, der in den Augen der meisten alle Liebe auf einmal auslöscht, aber in den Augen des wirklichen Liebhabers sie vielmehr erhöht: sie war arm.

Schwan sah nur ihre Vorzüge, keine Fehler, und ward von der Liebe gegen sie durchdrungen.

Auch dem Mädgen gefiel der schöne, reiche, muthvolle und feurige junge Mann, aber die Roheit seiner Seele, seine gehäuften Verbrechen, und der Schimpf, den ihm das Zuchthaus mehr als alle seine Laster zugezogen hatte, schreckten sie zurück.

Schwan war nicht der Mann, der sich durch eine abschlägliche Antwort schrecken ließ; Er wiederholte seine Liebes-Erklärung, versprach aufs heiligste, sich zu bessern, und von nun an, an ihrer Hand ein tugendhaftes und ehrliches Leben zu führen. Schon fieng das Mädgen an zu wanken, schon hatte ihr Herz seiner feurigen Liebe nachgegeben, aber noch hielte sie Furcht und Schande zurück. Nun vermocht's Schwan nicht länger zu tragen, seine Liebe ward Verzweiflung, und seine Zärtlichkeit Wuth: Er machte dem Mädgen eine Liebes-Erklärung, wie sie kaum ein Romanen- oder Comödien-Dichter zu erzälen wagt.

Einst an einem Sonntag Morgens, da ihr Vater und ihre ganze Familie in die Kirche gegangen war, trat er in ihr Zimmer, zwey grose Messer in der Hand; Willst du mich, rief er ihr mit fürchterlicher Stimme entgegen, so schenke ich dir mein ganzes Vermögen, so führen wir von nun an ein stilles und ehrbares Leben, und sind glücklich; Willst du mich nicht, so durchsteche ich dich auf der Stelle mit diesem Messer (ich habe heute schon ein Schwein damit todtgestochen) und dann mit diesem andern – mich selbst. Starr vor Schrecken und ohne Zweifel mehr durch das Uebermaas von Feuer und Liebe, das aus dieser fürchterlichen Art von Liebes-Erklärung hervorblickte, geschmeichelt und gerührt, als durch das Rohe und Gewaltsame derselben erboßt, versprach das Mädgen alles, und verlobte sich ohne ihrer Eltern Wissen mit ihm.

Der höchste Wunsch seines Lebens war nun erfüllt. Seine Geliebte hatte ihm ihre Hand versprochen, die Einwilligung seiner und ihrer Eltern schien ihm leicht, und nun träumte er sich ein paradiesisches Leben im Schoos der Liebe und der Wollust. Auch ward jezt sein Herz menschlicher, seine Wuth legte sich, und seine natürliche Fühlbarkeit erhielt die Oberhand, weil ihn sein gegenwärtiges Glück gleichsam wieder mit der Welt aussöhnte. In der That schien dieser Zeitpunct der günstigste, um ihn zur Tugend zurück zu führen; Aber noch wählte die Vorsehung denselben nicht, ohne Zweifel, weil noch viel fürchterlichere Erschütterungen vorausgehen mußten, um ihn nicht nur auf rechten Weg zu bringen, sondern auch darauf zu erhalten. Sein Vater schlug ihm die Einwilligung geradezu ab, und eben so unerbittlich war der Vater seiner Geliebten. Nun versuchte er erst durch gelinde Mittel, beyde Väter zur Einwilligung zu bewegen, versprach sich zu bessern, und zeigte wirklich manche Spuren einer gemilderten Seele. Zu gleicher Zeit hielt er auch in der Herzoglichen Regierung (denn er war noch minderjährig) um Erlaubniß zu heyrathen an: Aber alles umsonst; Beyde Väter blieben auf ihrer Meynung, und die Erlaubniß von der Regierung kam noch nicht an. Plözlich entwich nun seine bessere Seele wieder; Je weicher er vorher gewesen war, desto wütender ward er jezt. Er drohte seinen Eltern ins Angesicht, daß er sie, wofern sie die Heyrath nicht zugäben, sogleich erstechen würde, dann eilte er zu seiner Schwester, beschwur auch diese, für ihn zu bitten, und versicherte mit wiederholten Schwüren, daß er, wenn ihm diese Heyrath nicht gestattet würde, einen Rausch trinken, dann im Rausch ihres Vaters Haus anzünden, und Vater, Mutter und alles ermorden würde. Eben so wütend behandelte er den Vater des Mädgens, der seine Tochter einst durch Schläge von Schwanen abzubringen suchte. Er öfnete in diesem Augenblick die Thüre, riß sie von dem Vater hinweg, drohte diesem die fürchterlichste Rache, wenn er sie schlagen würde, denn ihm allein, sezte er hinzu, komme das Recht zu, sie zu schlagen, wenn sie gefehlt hätte. Ueberhaupt schien er jezt gänzlich rasend.

Als ihm Geld mangelte, um nach Stuttgart zu gehen, und die Resolution auf das Memorial, das er der Regierung übergeben hatte, abzuholen, sagte er öffentlich, daß er den nächsten besten, der drey Gulden im Sack habe, ermorden wolle, um ein Reise-Geld zu erhalten.

Der Amtmann verbot, in der Christnacht zu schiessen: Er schoß daher die ganze Nacht durch; sein Vater gab ihm Geld, um nach Frankfurt in Dienst zu gehen, mit der Bedrohung, ihn auf ewig auf die Festung sezen zu lassen, wenn er wieder zurückkommen würde; er nahm das Geld, verschwendete es, und kam auf der Stelle wieder. Er bedrohte und beschimpfte alle Tage jeden, der ihm in den Weg kam, niemand aber mehr als seinen eigenen Vater. Auch raufte er sich, um seine Wuth auszulassen, fast alle Tage; Dem einen gab er, ohne ein Wort zu sagen, im Vorbeigehen eine Ohrfeige, einem andern schlug er aus Laune ein Bein unter, einen dritten prügelte er so lange, bis er ihm versprach nicht zu klagen, und als er ihm dieses versprochen, so prügelte er ihn noch einmal, weil er ihm etwas versprochen, das er nicht zu halten gedächte. Als ein Müllerknecht ihn einst abgehalten, seinen eigenen Vater zu schlagen, so ließ er zwar von seinem Vater ab, schlug aber jenen beynahe zu todt, dann stellte er sich neben den halbtodten hin, that mehrere Schüsse in das Dorf hinein, und drohte jedem den Tod, der sich ihm nähern, oder nur einen Wundarzt zu Hülfe rufen würde.

Während daß auf diese Weise Verzweiflung und Wuth seine Seele erfüllten, und er, gleichsam um an den Menschen und seinem Schicksal sich zu rächen, sich in jedes Laster stürzte, schien auf einmal das Glück aufs neue alle seine Wünsche zu begünstigen. Das Mädgen ergab sich ihm willig, und ohne Ehe gestattete sie ihm gern alle Rechte derselben. Auch kam jezt die so lange erwartete Erlaubniß von der Herzoglichen Regierung an, und er glaubte nun am Ziel seiner Wünsche zu stehen.

Sobald er glücklich war, ward seine Seele wieder milde, seine Wuth legte sich, und süsse Hoffnungen häuslicher Glückseligkeit füllten wieder sein Herz. Aber der Elende hatte sich selbst längst dieses Glücks verlustig gemacht.

Noch ehe er seine Heyrath zu Stand bringen konnte, ward er wegen seiner gehäuften Verbrechen von der ganzen Bürgerschaft verklagt, zu anderthalb jähriger Zuchthaus-Strafe verurtheilt, und, als er aus dem Zuchthause 3mal losgebrochen, und nach endlich erstandener Strafe, seine neue Laufbahn sogleich wieder mit Einbruch in das Haus des Pfarrers eröffnet hatte, endlich zu ewiger Gefangenschaft auf der Festung Hohentwiel verdammt.

Nun schien seine Liebe und seine Freyheit auf ewig dahin. Aber Schwan verzweifelte nicht.

Wenige Wochen nach seiner Gefangennehmung sprang er, um sich zu befreyen, von einer grosen Höhe herunter, und brach ein Bein. Nach seiner Wiederherstellung versuchte er einen andern Weg. Er fand einen Nagel, und dieses kleine Werkzeug war seinem erfinderischen Genie hinlänglich, sich in Freyheit zu sezen. Er verband sich nämlich mit drey andern Gefangenen, brach mit Hülfe derselben nach einer vierteljährigen Arbeit ein Loch durch die Mauer unvermerkt durch, und ließ sich, da alles vollendet war, zugleich mit den andern an hin und wieder entwendeten Stricken, herunter. Einer brach das Bein, er selbst aber mit dem andern Verbrecher entkam glücklich.

Liebe war jezt die mächtigste Leidenschaft, die seine Seele beherrschte; Ihr allein opferte er alle seine übrige Wünsche auf.

Zuerst war er zwar, aus Furcht eingefangen zu werden, genöthiget, nach Frankfurt zu flüchten. Aber Haß und Liebe liessen ihn nicht ruhen. Er hörte, daß die Müllerin (diß war der Name des Mädchens) ins Zuchthaus gesezt, und nach ihrer Zurückkunft zu einem Eyd, ihm zu entsagen, genöthigt worden. Urplözlich flog er nach Eberspach, stand zu grosem Erstaunen und Schrecken seiner Eltern des Nachts in ihrem Zimmer, drohte Vater und Mutter zu erstechen, wenn sie ein Geräusch machen würden, und nahm sich dann sein Nacht-Quartier, wo ihm beliebte, indeß sich die Eltern in eine kleine Kammer verkriechen mußten, aus der sie sich nicht wieder heraus wagten, bis er freywillig das Haus verlassen hatte.

Ob er gleich von seinen Eltern nicht aufgenommen worden, verließ er doch Eberspach nicht, sondern lebte ohne Dach, das er in Waldungen und Scheuren suchte, und ohne Geld, das er nach Bedürfniß stahl, in steter Todes-Gefahr, blos um seiner Geliebten nahe zu seyn.

Es ist unbegreiflich, wie weit hierinn seine Tollkühnheit gieng. Umgeben von tödtlichen Feinden, die noch überdiß eine Belohnung von seiner Beifahung [Ergreifung, von mhd. *vâhen*] erhielten, ließ er sich doch bisweilen am hellen Tage mitten in dem Dorfe sehen, erschien in öffentlichen Wirthshäusern, drang sich so gar des Nachts mit Gewalt in die Häuser seiner Feinde und nöthigte sie ihm ihr Bett zu überlassen. Doch alles schien sich nur um so mehr gegen ihn zu vereinigen, je mehr er allem trozte. Zwar hatte er die Liebe der Müllerin wieder erworben, aber bald ward er aufgefangen, und als er sich wieder befreyt hatte, und nun voll Entzücken in die Arme des Mädchens fliegen wollte, so hörte er zu seinem grosen Schrecken, daß nun auch sie gefangen läge, um deren willen er allein seine Freyheit liebte.

Seine ganze Seele entbrannte bey dieser Nachricht. Er verließ die ganze Zeit ihrer Gefangenschaft die Gegend von Göppingen, wo sie gefangen lag, niemals, ungeachtet er von seiner Gefangennehmung nichts als ewiges Gefängniß oder Tod zu erwarten hatte; Ja er schlief mitten in der rauhesten Winterszeit, da die ganze Gegend mit Schnee bedeckt war, auf dem Felde oder in tiefsten Wäldern, blos um sie nicht aus dem Auge zu verlieren.

Endlich, da er es am wenigsten erwartete, schien auf einmal seine Treue und Standhaftigkeit belohnt. Müllerin wurde frey, und ließ sich nun durch einen abgedankten Pfarrer wirklich mit ihm trauen.

Nun schien er abermal am Ziel seiner Wünsche; seine Seele ward wieder erweicht, diß herumschweifende, unsichere Leben fieng an, ihm verhaßt zu werden, und er hatte keinen sehnlichern Wunsch, als von nun an mit seiner Frau und Kindern in Ruhe zu leben.

Aber auch jezt war es wieder nur sein eigenes, durch so lange Gewohnheit zur Fertigkeit gewordenes Laster, was ihn aufs neue ins Verderben hinunter stürzte und ihn dadurch auf immer von dem Ziel entfernte, nach dem er so sehr sich sehnte, und dem er jezt so nahe zu seyn geglaubt hatte.

Wegen der ungezälten Frevelthaten, die Schwan begangen hatte, und wegen seiner Flucht aus dem Gefängniß war längst ein Preis von 100 Gulden auf seinen Kopf gesezt.

Niemand suchte mit mehr Begierde denselben zu verdienen; Niemand wurde, wie er glaubte, zu dieser Absicht so sehr durch persönliche Feindschaft entflammt, als einer seiner Mitbürger, Namens Hohenecker. Von Jugend auf waren sie Feinde, und stets wiederholte Beleidigungen hatten längst diese Feindschaft aufs höchste gebracht. Einst an einem Sommertage, da er eben von seinem Vater auf seine lezte Bitte, die Müllerin zu heyrathen, eine abschlägliche Antwort erhalten, lag Schwan in einem benachbarten Walde in jener furchtbaren Stimmung, wo die Seele von Verdruß über fehlgeschlagene Hoffnungen, von Gewissens-Bissen und peinigender Angst übermannt, in Wuth gegen sich selbst, und in Wuth gegen die ganze Menschheit, die vermeinte Quelle ihrer Leiden, entbrennt, und nur in der Quaal ihrer Feinde, nur im rauchenden Blute ihrer Mitmenschen Linderung hoffet.

Ein Hirsch sprang vorbey; Er stand auf, ergriff seine Flinte, und zielte um seinen Hunger, und ohne Zweifel auch seinen Unmuth und seine Wuth zu befriedigen. Aber in dem Augenblick fiel ihm Hohenecker ins Aug, der neben dem Wald auf einer Wiese arbeitete.

Die ganze Wuth seiner Seele überfiel ihn bey diesem Anblick; Er richtete die gegen das Thier gezückte Flinte gegen seinen Feind. Aber noch vermochte er nicht, die furchtbare That zu begehen. Alle Greuel des Mords giengen dunkel und schnell, aber schreckend und furchtbar durch seine Seele. Er zog die Flinte zurück, um sie wieder gegen den Hirsch zu richten; aber sogleich übermannte ihn die Wuth aufs neue, er zielte wieder gegen seinen Feind, und zog wieder zurück, viermal zielte er also aufs neue, und viermal zog er wieder zurück. Endlich bemeisterte sich eine gänzliche Verwirrung seiner Sinne, Kampf und Wuth und Schrecken umnebelten seinen Geist, die Wuth siegte, er schoß, und vollbracht war sein erster Mord.*

Er wird Mitglied und endlich Anführer einer Jaunerbande.

In dem Augenblick, da die fürchterliche That gethan war, verließ ihn jede Wuth, und peinigende Angst und betäubender Schrecken traten an ihre Stelle. Er floh, sobald er seinen Feind fallen sah, ohne Bewußtseyn, ohne Absicht, blos um sich selbst und seinen eigenen quälenden Gedanken zu entfliehen, fort, bis er endlich von Müdigkeit bezwungen, mitten in einem Walde still stand. Und nun erst war er fähig, über seinen Zustand nachzudenken, nun erst stellten sich die schrecklichen Folgen seiner Handlung, die um Rache schreyenden Kinder des Ermordeten, der Fluch und der Abscheu aller Menschen, die den Mörder verfolgen, und die furchtbaren und schrecklichen Strafen der Obrigkeit, seinem Gewissen vor, nun sah er sich selbst von Müllerin, von ihr, um deren willen ihm allein das Leben theuer war, auf ewig getrennt, vielleicht gar gehaßt und verabscheut.

In dem Augenblick, da der unglückliche in diese Gedanken versunken war, stand plözlich ein unbekannter Mann vor ihm, der ihn vertraulich anredete. Ich kenne dich nicht, gab ihm Schwan mißmuthig zur Antwort; Aber ich dich, erwiederte der andere, und erzählte ihm hierauf, daß er ein Mitglied einer sehr ansehnlichen Gesellschaft von Räubern sey, daß diese ihn so eben abgeschickt hätten, um Schwanen, ei-

* Auf diese Art hat Schwan selbst die Geschichte seines ersten Mords erzält.

nen ihnen längst rühmlich bekannten und nach ihrem Urtheil zu größern Dingen fähigen Mann, in ihre Gesellschaft einzuführen, und daß diese Gesellschaft seinem Genie eine viel größere und sogar viel sicherere Sphäre der Wirksamkeit eröfnen werde.

Der Neuling im Laster lernt sich oft erst durch die beschämende Vertraulichkeit, die andere Lasterhafte jezt zum erstenmal gegen ihn annehmen, und durch ihre Lobeserhebungen kennen.

Selbst Schwan erschrack vor dieser Anerbietung und diesen Lobeserhebungen, indem sie ihm nur zu deutlich sagten, welche Schritte er schon in der Bosheit gemacht habe. Auch schwebten ihm die Gefahren vor, in die er sich durch die Verbindung mit einer Jaunerbande stürzte; Er zauderte also, so sehr ihn auch jezt die Noth drang, den gemachten Antrag anzunehmen, und gieng nur nach langen und anhaltenden Bitten des andern, und noch immer entschlossen, sie wieder zu verlassen, zur Gesellschaft.

Sie kamen gegen Mittag an, die Gesellschaft war in einem Wald gelagert, ein ganzes gebratenes Schwein, und eine Menge Wein stand vor ihnen; Alles war froh und lustig, und nöthigte Schwanen bey ihnen Plaz zu nehmen. Nach dem Essen, das ihm nach langem Hunger nicht wenig schmeckte, stellten sie ihm alle ihre Vorzüge sehr reizend vor, ihre stete Lustigkeit, ihren Ueberfluß an Essen und Trinken, und ihre Sicherheit; besonders erhoben sie ihre Art zu stehlen, über die seinige, und lehrten ihn den für ihn in der That höchst wichtigen Unterschied zwischen Gassen- und Haußdieben, welche beyde sie nicht wenig verachteten, und zwischen Marktdieben, welche sie weit über jene erhoben, und unter welche Classe sie sich selbst zählten.

Diß alles würde ihn indessen wenig gerührt haben, wenn ihn nicht etwas anders angezogen hätte. Drey Schwestern saßen herum, alle jung, alle sehr schön, und die schönste höchst einladend und buhlerisch. Von allen ließ ihm die Gesellschaft die Wahl, welche er zur Frau wählen wollte. Schwan, den immer der gegenwärtige Eindruck ausschliessend beherrschte, kam plözlich in seine gewohnte Lustigkeit zurück, Entschlüsse, Mord, Liebe der Müllerin, alles war vergessen, er ward von der Schönheit und Bescheidenheit der jüngsten Schwester (denn das ausgelassene und buhlerische der ältern stieß auch ihn zurück) entzückt, und ließ sich nach wenigen Tagen mit ihr trauen.

Es ist ganz gegen alle gute Geseze der Romanen, daß Schwan die Müllerin, für die er so viel gethan, so viel gelitten hatte, und die jezt wirklich sein angetrautes Weib war, plözlich vergaß. Aber Geschichte ist über Romangeseze erhaben. Auch ist in der That diese Veränderung nicht so auffallend; Ich habe oft bemerkt, daß die Seele, die durch Gewissensangst oder irgend eine unangenehme Empfindung geplagt wird, alles ergreift, um diese zu zerstreuen, und, daß sie während eines solchen Zustands nichts so sehr liebt, als Veränderungen, die große Revolutionen in ihr hervorzubringen vermögen. Man begeht dann öfters eine neue Sünde, um die Angst wegen der vorigen zu zerstreuen, und selbst Tugendhafte habe ich zur Zeit eines peinigenden Schmerzes in ein lange besiegtes Laster hinsinken sehen, blos um jene peinigende Empfindung zu zerstreuen. Ueberdiß glaubte Schwan, daß Müllerin nach der fürchterlichen That, von der er jezt eben zurück kam, keine Verbindung mehr mit ihm unterhalten, und daß er sie sogar dadurch unglücklich machen würde. Vielleicht war auch gerade der Umstand, der bey Edlern die ächte Zärtlichkeit so sehr vermehrt, und bey Unedlern sie so sehr vermindert, der Umsturz seiner Liebe: sie war sein Weib.

Doch der wichtigste Grund dieser plözlichen Veränderung liegt wohl in seinem eigenthümlichen Character, auf den immer das Gegenwärtige einen so heftigen Eindruck machte, daß er darüber alles andere gänzlich vergaß, und daß er sich daher gar leicht in eben der Stunde zu den entgegengeseztesten Empfindungen, Neigungen und Handlungen hinreissen ließ.

Schwan tritt jezt in eine neue Epoche ein. Noch ist es also nöthig, einige Augenblicke auf das Vergangene zurück zu schauen, und über alle seine bisherigen Begebenheiten und seinen ganzen Character Betrachtungen anzustellen.

Die Wollust, ein Laster, das von Mord so weit entfernt schien, brachte den Unglücklichen durch allmälige Stufen zum höchsten Grad des Lasters, und ehe er sich recht zu besinnen Zeit hatte, war er zu seinem eigenen Erstaunen, Jauner, Räuber und Mörder.

Aber selbst jezt hatte er noch nicht alle edlen Empfindungen ausgetilgt. Mitleiden gegen Unglückliche und Unterdrückte, Treue gegen Freunde, Gefühl von Ehre, Empfindungen der Religion brachten immer noch in seiner Seele einige Wirkungen hervor, und straften, ob sie gleich den Ausbruch seiner Laster nicht zurück zu halten vermochten, ihn doch nach begangener Handlung aufs furchtbarste.

Seine Geschichte seit seinem Eintritt in die Jaunerbande.

Der Eintritt in die Jaunerbande machte Raub und Mord nun zu seinem ordentlichen Handwerk. Auch erfüllte er diese seine furchtbare Bestimmung nur zu getreu.

Zuerst wandelte er blos in der Gesellschaft, die ihn jezt eben so feierlich und ehrenvoll aufgenommen hatte, und begieng mit ihr ungezählte Diebstähle. Aber nicht lange war sein Kreiß so eingeschränkt.

Berühmt durch seine Thaten wurde er öfters zu wichtigen Unternehmungen von andern Banden eingeladen, und diente dann eine Zeitlang als Freywilliger unter ihnen.

Besonders war er genau verbunden mit einer Judenbande, die unter zwey Chefs, den Juden L ö w e n und S c h a m s l e stand.

Diese Gesellschaft war wegen ihrer Einrichtung merkwürdig. Sie bestand aus 18 Personen, ausser den häufig zugeloffenen Freywilligen. Zween davon waren, unter dem Titel Lieutenant, Vorsteher, und die übrigen waren gezwungen, sich unter ihren Zepter zu beugen. Einer war verbunden einen Diebstahl ausfindig zu machen, der andere zu stehlen, und noch ein anderer, das gestohlene zu verkaufen.

Auch hatte die Gesellschaft genaue Geseze. Sobald einer einen Raub ausfindig gemacht hatte, so zeigte er es den andern in ihrer eigenthümlichen Sprache an, und alle kamen dann an einem Ort und in eben derselben Stunde zusammen, verabredeten das weitere, und führten alles auf der Stelle aus; Nur der Angeber hielt sich in der Nachbarschaft auf, ohne dem Raub beyzuwohnen.

Niemals hat er mehr Bosheiten begangen, als so lang er mit dieser Gesellschaft in Verbindung war, die, wie er selbst anmerkte, meistens aus Ungeheuern von Grausamkeit bestand.

Ein Mann von Schwans Geist steht nie stille; Neue Projecte stiegen in seine Seele empor; Er errichtete selbst eine Gesellschaft, die er unumschränkt beherrschte. Die Gesellschaft bestand aus 20. Personen, und folgte blindlings seinen Befehlen. Schwan hatte sich dabey gewisse Grundsäze gemacht: z. B. er beraubte so wenig als möglich solche, die dadurch ganz unglücklich geworden wären. Er zog die Marktdiebstähle den Einbrüchen vor, weil jene nur durch die Weiber verrichtet wurden, indeß die Männer nur vor den Thoren warteten. Er führte alle Einbrüche in der Nacht vor einem Sonntag oder Feyertag aus, weil da die Leute am ruhigsten schlafen, und am spätsten aufstehen. Und besonders nahm er nicht nur Entschlossenheit, Kühnheit, Wiz, sondern vorzüglich auch die Vorurtheile des Pöbels zu Hülfe.

Es wäre zu langweilig, ein Verzeichniß seiner Verbrechen hier darzulegen; Ich hebe nur einige heraus, die zugleich den Character bezeichnen, mit dem er sie begieng, und die also das Gepräge seiner Entschlossenheit, Geistesgegenwart, Kühnheit, seines Wizes und oft selbst seiner noch übrig gebliebenen Menschlichkeit tragen.

Einst saß er in einem Wirthshaus, wo der Wirth ihn sogleich entdeckte, und heimlich weggieng, um mehrere Bürger herbeyzuholen. Schwan merkte die Absicht des Wirths, und da ihm kein anderer Ausweg mehr übrig blieb, so schloß er sich in einen Kasten in der Wirthsstube, und zog den Schlüssel desselben ab.

Der Wirth kam bald darauf mit großer Mannschaft wieder, das ganze Haus ward durchsucht, aber nichts gefunden. Erstaunt giengen nun alle wieder auseinander. Der Wirth begleitete sie vor die Thüre hinaus, und als er wieder herein trat, saß Schwan ganz ruhig am Tische vor seiner Bouteille.

Ihr seyd doch erbärmliche Dummköpfe, rief er dem Wirth spottend entgegen, ihr habt mich gesehen, angerührt, in der Hand gehalten, und doch nicht gefunden. Der Wirth erstaunte – Nicht wahr, sezte Schwan hinzu, diß, jenes spracht ihr, dort sezte sich Jerg auf die Bank hin, hier öfnetest du die Kammerthür, Hannß suchte unter dem Tisch – der Wirth ward starr vor Verwunderung.

Armseliger Kerl, rief er endlich höhnisch, hier in dieser Bouteille bin ich ja gesteckt; trank dann seinen Wein geruhig aus, und gieng langsam fort.

In dem Anfang seiner Laufbahn suchte er bey seinen Räubereien noch immer einen Schein der Ehrlichkeit zu erhalten. Er hatte öfters seinen Schwager um Geld gebeten, und dieser hatte ihm, wie billig, solches verweigert. Nun brach er ihm des Nachts in sein Haus und stahl, was ihm gefiel und was ihm jener verweigert hatte. Aber einige Tage nachher kam er des Nachts zwischen 12. und 1. Uhr mit zween, in Weiber verkleideten, Männern zu eben diesem Schwager in sein Hauß, weckte ihn auf, forderte Essen und Trinken für sich und seine Gesellschaft, verboth ihm aber bey unausbleiblicher Strafe des Haußanzündens das Ausgehen aus dem Hause. Dann nahm er Papier, Federn und Dinte, sezte sich an dem Tische nieder und stellte seinem Schwager, ohne daß dieser es verlangt hätte, eine Obligation für die ihme jüngst genommene Sachen, die er selbst für achtzig Gulden angeschlagen hatte, aus, und übergab sie ihm als eine Urkunde.

Allmälig verloren sich jedoch die besseren Gefühle immer, er erlaubte sich Grausamkeiten aus Raubsucht, deren er sich sonst niemals als blos im Augenblick glühender Rachsucht schuldig gemacht hatte.

Die furchtbare Gesellschaft war in das Hauß des Schultheiß von Bertlingen eingebrochen; Schwan und ein anderer Räuber bemächtigten sich des Schultheißen, banden ihm Hände und Füsse, würgten ihn an dem Halse, brannten ihn auf dem Rücken mit Wachslichtern, drückten ihm Messerspizen unter die Fingernägel, sezten ihm mit erstaunlichen Verwünschungen, Drohungen und Schimpfworten, Pistolen und Hirschfänger auf die Brust, bis er ihnen angezeigt, wo er sein Geld verwahrt habe? Auf das Geschrey des Schultheißen, kam die Schultheißin aus der Kammer in die Stube gesprungen, um ihrem Manne zu helfen. Auch auf diese sprang ein Jauner zu, warf sie zu Boden, band ihr Hände und Füsse, rizte sie mit Messern an den Augenbraunen und deckte ein ganzes Bett über sie, daß sie beynahe darunter erstickt wäre.

Doch auch in dieser schrecklichen Verfassung seiner Seele hatte sein Herz doch noch nicht alle Menschlichkeit verloren und strebte sogar immer noch gewisse Tugenden, selbst die Ehrlichkeit zu erhalten.

Einst traf Schwan einen fremden Fleischer (Mezger) an, der ihm einige hundert Gulden Geld zeigte und sich seine Begleitung nach Ebersspach ausbat, weil er, wie er sich ausdrückte, aus Furcht von dem Sonnenwirthle mit so vielem Geld allein dahin zu gehen sich nicht getraue.

Schwan gewährte ihm sogleich seine Bitte, mit der Versicherung, daß ihm kein Haar auf seinem Wege gekrümmt werden sollte. Nun tranken sie ein Glas Wein mit einander und machten sich sodann auf den Weg. Plözlich mitten in einem Walde auf einem abgelegenen Plaze stand Schwan auf einmal stille und gab sich dem Fleischerknecht zu erkennen. Dieser erschrack, als wenn er vom Donner gerührt wäre. Allein Schwan benahm ihm sogleich alle Furcht, und versicherte ihn: daß da er ihm einmal sein Wort gegeben, ihn unverlezt nach Eberspach zu begleiten, er dasselbe auch halten wolle, wenn er gleich der reichste Mann von der Welt durch sein Geld werden könnte. Um ihn aber ganz ausser Furcht zu sezen, lief er den ganzen übrigen Weg bis nach Eberspach vor ihm her; und beyde kamen zur Abendzeit wohlbehalten an. Hier wollte der Mezgerknecht seinem ehrlichen Begleiter ein Trinkgeld geben. Allein Schwan schlug es grosmüthig aus, und begnügte sich mit dem Bewußtseyn, sein gegebenes Wort als ein Mann von Ehre gehalten zu haben.

Mehrmal hat er durch diese Grosmuth großes Unglück verhütet.

Im Durlachischen war eine Zigeunerbande gefangen worden. Schwan machte Bekanntschaft mit denen, die noch übrig waren und die eben einen wichtigen Rathschluß gefaßt hatten, um ihre gefangenen Brüder zu rächen. Sie waren nämlich fest entschlossen, in mehreren Durlachischen Orten, wo sie Gelegenheit fänden, Feuer einzulegen. Schwan, der in gleichem Fall mit ihnen war, denn auch seine Familie lag zu Stain im Durchlachischen gefangen, strengte doch seine ganze Beredtsamkeit an, ihnen diesen Entschluß auszureden; und als alle seine Zuredungen vergebens waren, so überredete er sie wenigstens so lange noch zu warten, bis sie das Schicksal ihrer Freunde erfahren haben würden.

Selbst in seinen Verbrechen zeigten sich bisweilen noch diese Spuren der übriggebliebenen Menschlichkeit.

Schwan brach einst des Nachts in das Haus eines Juden ein, alles gieng glücklich, alle Säcke waren schon von Gold und Kostbarkeiten angefüllt, als sie jezt in das Schlafzimmer einbrachen, und auf das Bett loßgiengen. Ein Jud lag darinnen mit einer sehr schönen jungen Frau, die er erst den Tag vorher geheyrathet hatte, und die vor Schrecken ganz erstarrt war. Schwan, der schon die Hand aufgehoben hatte, um sich ihrer zu bemächtigen, ward plözlich gerührt, seine schon aufgehobene Hand ward zurück gehalten, er befahl seinen Cameraden, alles gestohlene zurück zu lassen, und gieng, ohne nur das geringste mit sich zu nehmen, fort.

Durch solche Thaten ward bald sein Ruhm allgemein. Alles zitterte bey seinem Namen. Keine Straße, selbst die volkreichste, hielt man mehr für sicher. Zehen Männer, mit Schaufeln bewafnet, die ihn nahe bey Eberspach fanden, wagten nicht ihn anzurühren, ungeachtet ein Preiß auf seinen Kopf gesezt war.

Sogar im Schlaf erweckte er Furcht. Zwey Postknechte fanden ihn einst neben der Landstrasse auf dem Wege eingeschlafen, und hatten nicht das Herz, sich ihm zu nähern. Ein anderer weckte ihn sogar, als er ihn einst schlafend fand, und sagte ihm freundschaftlich, daß er hier nicht sicher sey.

Lange ist bisher eine Person verschwunden, die ihrem ersten Auftritt nach die Hauptrolle in seinem Leben zu spielen schien. Müllerin war, sobald Schwan sein zweytes Weib geheyrathet hatte, von ihm verstossen, mit Füssen getreten, und aufs fürchterlichste gemishandelt, daher sie ihn verließ und in Dienste trat, wo sie sich einige Jahre ziemlich ordentlich aufführte. Aber Liebe ließ sie nicht ruhen. Sie zog, mit Gefahr ihrer Ehre und ihrer Freyheit, ihm nach, fand ihn, und die Freude des Wiedersehens vertilgte auf einmal in ihrer Seele jeden Ueberrest des Unwillens über seine Untreue und seine Verbrechen. Erst nach Verfluß einiger Zeit erinnerten sie sich gegenseitig der zugefügten Beleidigungen, und wurden bald gänzlich versöhnt. Aber die Eifersucht des neuen Weibes störte bald ihre Zufriedenheit. Diese, die eben weil sie die neuere war, ein so großes Uebergewicht über seinen Geist bekommen hatte, nöthigte ihn, die Müllerin auch wider seinen Willen zu entlassen. Doch besuchte ihn diese stets von Zeit zu Zeit wieder.

Geschichte seines innern Zustandes während seines Aufenthalts unter den Jaunern.

Schwan stand jezt auf dem Gipfel seiner Größe. Er hatte die Freiheit gefunden, seinen Leidenschaften nachzuhängen; er war im Genuß der schönsten Weiber, er war der Herrscher einer ansehnlichen Bande, und Ruhm und Schrecken gieng überall vor ihm her.

Aber eben diese höchste Stufe seiner Bosheit und seiner Größe war auch die Epoche seines höchsten Unglücks, und zugleich der erste schwache Anfang seiner Besserung. Ich rede mit Absicht von diesem innern Seelenzustande etwas weitläuftiger, weil er großes Licht auf innern Character dieser Lebensart wirft.

Das kummervolle seines Lebens, seine Armuth, die oft bis zum Hunger groß war, der Aufenthalt in den ödesten Wäldern, und alle Mühseligkeiten, die er erstehen mußte, drückten ihn immer tiefer nieder. Nichts aber folterte ihn und seine Cameraden so sehr, als die stete Todesgefahr, in der sie schwebten. Es ist Gewohnheit unter den Jaunern, daß sie sich öfters unter den Galgen stellen, den Todesurtheilen beiwohnen, und sich sogar gewöhnlich bey ihren Schmausereyen einen leichten Tod zutrinken. Alles um sich an den Anblick des Todes zu gewöhnen. Schwan, bey all seiner natürlichen Herzhaftigkeit ward beym Gedanken des Todes doch so erschüttert, daß er sich gänzlich unfähig fühlte, diese Gewohnheiten mitzumachen, und daß er alle Galgen und Hochgerichte floh, um nicht dadurch feig zu werden. Aber auch noch bessere Gründe würkten noch in seiner Seele. Noch hatte die Ehrbegierde ihn nicht ganz verlassen; Er fand es unerträglich, ein Auswurf der Gesellschaft zu heißen, und noch unerträglicher, es mit Recht zu heißen. Auch die Grausamkeiten und die niederträchtigen Betrügereyen seiner Cameraden, ungeachtet er der ersten, durch Wuth entflammt, sich selbst bisweilen schuldig machte, waren ihm verhaßt, und er bejammerte aufs höchste, daß er keinen Menschen um sich habe, dem er sein Herz anvertrauen, oder mit dem er sich auch nur einmal wieder über ernsthafte und gute Gegenstände unterhalten könnte.

Alle waren überdiß Feinde, und einige seine besondere Nebenbuhler.

Aber fürchterlicher als alles weckte ihn sein Gewissen. Die unglückliche, die er gemacht, die Geister seiner ermordeten schwebten so fürchterlich vor ihm, daß er nirgends Ruhe finden konnte. Oft berauschte er sich des Tags, um sein Gewissen einzuschläfern; Oft wachte er des Nachts im Traume auf: schrie, weinte, bethete, bis sein Weib, das an seiner Seite lag, ihn durch Spöttereyen über seine Feigheit wieder zum Schweigen brachte.

So viele Ursachen vereinigten sich, sein Gewissen aufzuwecken. Er war daher längst ernstlich gesonnen, sein Leben zu ändern, und dasselbe gänzlich der Tugend und Frömmigkeit zu widmen. Er machte sichs zum Grundsaz, den er auch wirklich befolgte, nie einen dürftigen zu berauben, er gab sehr große Allmosen, und schenkte den Armen, was

…en gestohlen hatte. Oft fiel er auf die Knie, und bath den …ım Gnade zu seiner Besserung zu verleihen. Oft kniete er so- … den Galgen, und bath Gott, ihn von dieser Lebensart abzu- … Ein andersmal nöthigte er auch sein Weib auf die Knie zu fallen u…d zu bethen, in der Hoffnung, daß ihre, wie er dachte, noch weniger befleckte Seele eher Erhörung finden würde.

Nichts war hiebey so wirksam, als das Andenken eines in Würtemberg allgemein bekannten, rechtschaffenen Mannes, des verstorbenen Waisenpfarrers Böck in Ludwigsburg. Dieser hatte ihn zur Zeit seines Aufenthalts im Zuchthaus zu Ludwigsburg mit Hochachtung für sich und die Frömmigkeit erfüllt, und ihm besonders manche sehr tief gedrungene Ermahnungen gegeben. Lange schliefen sie vielleicht unwirksam, lange wurden sie durch die stärkere Stimme der Leidenschaft unterdruckt; Aber jezt fiengen sie an, viel wirksamer zu werden; Er fuhr oft mit Schrecken aus dem Schlummer, seufzte und bethete, und wenn ihn dann seine Frau fragte, was ihm fehle, so antwortete er allemal, er denke an den Waisenpfarrer zu Ludwigsburg. O Weib, so sagte er ihr weinend und seufzend, wenn du wüßtest, was das für ein Mann war – was er mich gelehrt, wie er mich ermahnt hat; O Gott, wenn er recht hat, so sind wir beyde verloren, und ach gewiß, er hat recht!

Vielleicht, edler, frommer Mann, hat es dir ehmals manchen Kummer gemacht, daß deine Ermahnungen nicht in das Herz des verstockten Bösewichts gedrungen, daß alle deine Mühe, alle deine Anstrengung fruchtlos gewesen; Aber freue dich, sie war nicht fruchtlos diese Mühe. Oft vielleicht hat dein Andenken einen Unglücklichen errettet, dem der Dolch schon auf die Brust gesezt war; Manches Verbrechen ist durch dich unterdrückt, manches Uebel verhindert worden, und endlich ist er selbst, der Bösewicht, der deinen Ermahnungen so lange widerstanden, doch noch durch dieselbe zur Tugend zurück geführt worden.

Diese Zuckungen der wiederkehrenden Tugend waren indeß niemals dauerhaft. Der Mangel eines andern Erwerbungsmittels, die Unmöglichkeit, sich wieder unter ehrlichen Leuten fortzubringen, Rachsucht, Stolz, und Wollust stürzten sogleich wieder alle seine Entschlüsse um. Nichts aber hinderte seine Besserung so sehr, als sein Weib, die seine Begierde nach Besserung als Zuckungen eines Feigen belachte, und wenn

Spotten nichts mehr half, seine Frömmigkeit blos als einen Vorwand sie zu verlassen, und zu seinem ersten Weib zurück zu kehren, ansah.

Ich führe von diesem merkwürdigen Zustand seiner Seele nur ein Beyspiel an: Als er einst in Offenburg gefangen lag, überlegte er so ernstlich das Jammervolle seines SeelenZustandes, daß er die tiefste Reue über seine Verbrechen empfand, und von nun an Gott und der Tugend zu leben sich vorsezte. Um sich nicht mehr mit andern als frommen Gedanken zu beschäftigen, mahlte er mit einem von der Wand abgebrochenen Stückgen Speiß ein Crucifix, schaute dasselbe, um sich stets an den Gekreuzigten zu erinnern, beständig an, und küßte und benezte es mit Thränen.

Damals, diß sind seine eigene Worte: »versprach ich vor dem Bild meines Heilandes Besserung, und nahm mir fest vor, eher mein Brod zu bettlen, als denselben weiter zu beleidigen; Ich nezte dieses Bild mit Thränen, ich küßte ihm die Hände, und bath um meine Befreyung; Sie erfolgte, ich war so glücklich, daß ich entrann, oder vielmehr so unglücklich, daß ich Gelegenheit bekam, meine vorigen Sünden mit neuen zu vermehren. Einige Tage that ich gut. Aber ich konnte keine bösen Tage leiden. Nur allzubald war der vorige gute Vorsaz verschwunden, und ich war zu meinem Schaden klug genug, Entschuldigung für meine Sünden zu finden, und mich manchmal gar zu bereden, daß alles Thorheit sey, was man vielleicht blos um der Einkünfte willen in den Kirchen predige. Das gieng nun freylich nicht ohne innerliches Widersprechen meines Gewissens ab, und überhaupt hatte ich beständig quälende Gewissensbisse.«

Auf diese Art floß sein Leben unter ewigen Vorsäzen, dasselbe zu bessern, und ewiger Brechung seiner Vorsäze, und eben deßwegen auch in stetem sehr unangenehmen Kampf, der nur durch Rausch der Leidenschaft bisweilen unterbrochen wurde, hin.

Gefangennehmung.

Aber obgleich Schwan auf diese Weise wirklich niemals zu daurender Besserung gelangte, so gieng jedoch der Abscheu über seine bisherige Lebensart so weit, daß er wirklich sich davon loszumachen suchte.

Erst schrieb er an einen Badischen Beamten, daß er ihm eine ganze Bande von Juden in die Hände liefern wolle, wenn er ihm Verzeihung bey seinem Fürsten auswirken und etwa ein kleines Aemtgen verschaffen könne. Er bekam keine Antwort. – Dann suchte er Gelegenheit in einem Wirtshaus zu Pforzheim seinem eigenen LandesFürsten sich zu Füssen zu werfen. Aber auch dieser Wunsch blieb unerfüllt.

Es war zur Vollendung seiner Bestimmung nothwendig, daß er noch schrecklichere Revolutionen durchlaufe, und unter der Hand des Henkers sterben sollte. Und diese furchtbare Stunde war jezt nicht mehr weit entfernt.

Schwan kam nach jenen mislungenen Versuchen mit seiner ganzen Familie in ein Durlachisches Dorf, wo er nach Gewohnheit die Märkte bestahl, aber unglücklicher Weise verrathen wurde.

Schon wollte er mit seiner Gesellschaft abgehen, als auf einmal ein Haufen bewafneter Männer in das Wirtshaus drang. Frau, Magd, alles wurde gefangen gesezt. Er selbst verzweifelte schon entwischen zu können, weil das ganze Haus von Bürgern umringt, und alle Ausgänge besezt waren, bis ihm jezt Verzweiflung eine seiner furchtbarsten Thaten eingab. Mit zwey Pistolen in der Hand trat er an die Treppe und schrie laut, daß er jeden ermorden werde, der sich, ihn zu greiffen, unterstehen würde. Sogleich griffen ihn einige, er schoß, und ein Bürger fiel sogleich todt nieder. Und nun gieng er mit dem andern Pistol in der Hand mitten durch Reihen von bewafneten Männern die Treppe herunter und entkam.

Indessen sah er doch wohl, daß diese Gegend für ihn gefährlich sey.

Er schuf sich neue Plane, und warf seine Augen auf das Deutschherrische; Aber die Vorsehung hatte sein Ende beschlossen, er fiel, nachdem er den grösten Gefahren so oft entwischt war, durch den unbedeutendsten Zufall.

Seine Reise nach Mergentheim führte ihn durch Vaihingen, ein artiges an dem Enzfluß gelegenes würtembergisches Städtgen, in dem er durch ein wenig besuchtes Thor ankam. Der Thorwächter fragte nach seinem Paß, und nöthigte ihn, weil er denselben für unrichtig hielt, (in der That war er es wirklich nicht) mit ihm in die OberAmtey zu gehen, wohin auch Schwan, der sich auf die Richtigkeit seines Paßes verließ, ohne Anstand folgte.

Der damalige Oberamtmann Abel* war jezt eben in einem hinter seinem Haus gelegenen Garten, und erhielt die Nachricht von dem herbeygeführten Fremden durch den Oberamtey-Scribenten. Er eilte also sogleich herbey, untersuchte den Paß und fand ihn ganz richtig. Schwan war nun schon so gut als frey; Ein kleiner Umstand kostete ihn Freyheit und Leben.

Der Fremde saß auf einem sehr elenden Pferd, das mit seinem eigenen trozigen und kühnen Anstand einen sehr lächerlichen Kontrast machte. Dieser Zufall, und die auffallende Physionomie des Manns machte, daß der Oberamtmann mit Aufmerksamkeit bald auf dem Pferd, bald auf dem Mann verweilte; Auch glaubte er bey den an Schwan gemachten Fragen, wer er sey, woher er komme, eine Veränderung in seinem Gesichte zu bemerken und befahl ihm daher abzusteigen. Schwanen war diese Aufmerksamkeit nicht entgangen, er glaubte, daß sein Pferd, welches wenige Tage vorher durch einen seiner Kameraden gestohlen worden, in einem Steckbrief geschildert worden sey, und daß er nur deswegen so genau betrachtet worden; Als er daher den Befehl abzusteigen erhielt, schien es ihm rathsamer zu entfliehen.

Aber glücklicher Weise ritt Schwan nicht demjenigen Thor zu, das ihm allein bekannt war, und auf dem allein er unmöglich hätte verfolgt werden können, sondern gegen ein anderes, bey welchem der Oberamtey-Scribent (Hermann) durch einen nähern Weg schon vorher angekommen war.

Alles stellte sich ihm also, so bald er erblickt wurde, in den Weg.

Er wollte, um sich zu befreyen, schiessen, aber der Pistol, der sonst, wie er selbst nachmals sagte, niemals gefehlt hatte, gieng nicht los. Nun versuchte er schneller zu reiten, aber sein Pferd war erschreckt und gieng nicht fort. Endlich stürzte ein junger herzhafter Schlosser (Brecht) bewaffnet mit den Werkzeugen seines Handwerks, und in diesem Augenblick zugleich noch mehrere andere, auf ihn zu, und nun wurde er sogleich in die Oberamtey zurück geführt.

Verschiedene Diebswerkzeuge, die man bey ihm gefunden, die plözliche Flucht, die genaue Aehnlichkeit mit einem durch Steckbriefe geschilderten Räuber, und sein ganzer Anstand schien gegen ihn zu zeu-

* Vater des Verfassers.

gen. Der Oberamtmann hielt ihm diß alles vor, und forderte ihn auf, die Wahrheit zu gestehen.

Aber Schwan überzeugt, daß man aus dem, was man von ihm in Händen hatte, noch nichts auf ihn erweisen könne, sah dem Beamten trozig unter die Augen. Mein Paß ist richtig, schrie er; Ich flog, weil ich mich der Untersuchung eines Mannes, der mir nicht zu befehlen hat, nicht aussezen wollte; ich habe Instrumente um mich zu vertheidigen.

Nach vollendeter Untersuchung ward er in das Gefängniß geschickt, und sogleich so streng und genau bewacht, als ob er wirklich der abscheulichste Bösewicht wäre: denn in der That war es dem Beamten gleich bey dem ersten Anblick in den Gedanken gefallen, ob es nicht wirklich der berüchtigte Schwan selbst sey, den das Schicksal in seine Hände geliefert. Auch hatte die Art seiner Vertheidigung zwar seine Unverschämtheit und seine Schlauheit, aber nichts weniger als seine Unschuld erwiesen.

Den zweyten Tag erschien Schwan wieder. Der Beamte, der nun in seinem Gesichte noch Ueberreste der Menschlichkeit zu entdecken glaubte, und der selbst in seinen den ersten Tag geäusserten Stolz noch einige Hoffnung sezte, schlug nun den entgegengesezten Weg ein. Er wiederholte ihm zwar noch einmal, daß er ihn für einen ausgemachten Bösewicht halte; Aber nun forderte er ihn nicht mehr durch Drohungen, sondern durch Darstellung der schrecklichen Folgen des Lasters, durch Schilderung des Glücks eines beruhigten Gewissens, durch Bezeugung seiner herzlichen Theilnehmung an seinem Schicksal, und durch Verspruch, ihm dasselbe durch alles, was nur in seiner Gewalt stehe, zu mildern, auf; kurz er versuchte nun durch Religion und theilnehmende Güte sein Herz zu rühren. – Der Versuch gelang; Der trozige Blick milderte sich sichtbarlich, Traurigkeit trat an die Stelle der Wuth, eine Thräne floß in dem wilden Auge. – Ich habe meinen Mann gefunden, rief er gerührt; ich bitte Sie, lassen Sie diese Leute hinaus gehen, und ich will Ihnen alles gestehen. Der Oberamtmann, um diese Rührung nicht zu stören, ließ alle, nicht ganz nothwendige Personen hinaus gehen, und in dem Augenblick stammelte Schwan mit bebendem Munde: Hören Sie in einem Wort alle meine Verbrechen: Ich bin der Sonnenwirth.

Sobald man Nachricht erhielt, daß Schwan eingefangen war, so wurden auch seine beyde Weiber, die eine aus dem Dienst, in dem sie damals war, die andere aus dem Gefängniß zu Pforzheim herbey geführt.

Müllerin war seine erste Liebe, lange war er bis zur Raserey in sie verliebt, und auch sie hieng mit einem solchen Feuer an ihm, daß sie Ehre, Freyheit, und alles ihm aufopferte, und was für ihn vielleicht das wichtigste war, sie war Mutter seiner Kinder. Nur erst seit einigen Jahren waren sie manchmal, und seit zwey Jahren gänzlich getrennt. Kurz sie war die erste Ursache seines Schicksals, und er des ihrigen.

Alle diese Empfindungen wachten in dem Augenblick des ersten Wiedersehens auf; Er zerfloß in Thränen, sobald er sie sah, und erst lange stumm, fragte er sie endlich aufs zärtlichste nach ihrem Schicksal, nach ihren Kindern und Verwandten, bat sie um Verzeihung, daß er sie unglücklich gemacht, und versicherte sie seiner heftigsten Reue. Müllerin ward durch seinen Anblick und seine Rede in die sonderbarste Empfindungen gesezt; Innigste Rührung, und Begierde ungerührt zu scheinen, kämpften in ihr, sie ließ jezt, wie man aus ihrer Mine schloß, ihren Empfindungen freyen Lauf, jezt zwang sie sich, ingedenk der Folgen, sie zurückzuhalten.

Alle diese Aeusserungen waren noch auffallender beym ersten Anblick seiner zweyten Frau.

Ich komme wieder auf Schwanen zurück.

Besserung.

Der wichtige Plan, der jezt ausgeführt werden sollte, war jezt nicht nur ihn zu einem aufrichtigen Geständniß, sondern auch zu aufrichtiger Besserung zu bringen.

Schwans Zustand war eine eingewurzelte Neigung zum Müßiggang, Ausschweifungen, Zorn, Rachsucht und Hochmuth, verbunden mit einer allgemeinen Unfähigkeit, seinen Leidenschaften zu widerstehen. Aber noch waren nicht alle Reste der Tugend verloren. Er hatte noch Verstand genug, das Elende seiner Lebensart einzusehen, und diese Einsicht wurde durch Unglück und Gewissensbisse geschärft. Auch war sein Herz noch immer der Gefühle der Ehrbegierde, der Liebe, des Mitleidens, der Dankbarkeit, der Hochachtung fähig, und selbst die Religion hatte noch nicht allen Einfluß auf sein Herz verloren.

Diese guten und diese schlimmen Leidenschaften kämpften stets in seiner Seele und machten sein Leben höchst unglücklich. Als er in Vaihingen gefangen genommen wurde, war seine Seele durch den neulich begangenen Mord, und die Gefangennehmung seiner Familie auf einer Seite so wütend, und auf der andern so innig betrübt und durchaus elend, daß jezt der Kampf gerade den höchsten Gipfel erreicht hatte.

Zweyerlei war also nöthig, um seine verdorbene Seele zu bessern. Aeusserliche Umstände, die indem sie schlechtern Leidenschaften sein Herz verschlossen, dasselbe aufs neue für die Lehren der Religion und Tugend empfänglich machten, und dann diese Lehren selbst.

Der erstere Zweck wurde erreicht durch die möglich strengste Bewachung, die ihm alle Hoffnung zu entwischen unmöglich machte, und folglich seine ganze Seele auf den Tod und seinen moralischen Zustand hinheftete, und dann zugleich durch die möglichste Schonung in der ganzen übrigen Behandlung, um seine wilde Seele den Empfindungen der Dankbarkeit und Liebe zu öfnen und allen gegebenen Lehren Eingang zu verschaffen. Diesen Grundsäzen zu folge wurde er sogleich so hart geschlossen, daß er gar keine Bewegung machen konnte. Vier Männer wachten in seinem Zimmer und vier ausser demselben.

Aber desto milder ward die Begegnung in allem übrigen. Der Oberamtmann, der jezt schon die noch weiche Seite seines Herzens kannte, bezeugte ihm seine innigste Teilnehmung, versprach ihm von seiner Seite jede mögliche Unterstüzung, und ermahnte ihn aufs dringendste, daß er diese Gelegenheit, sich auf einen ihm nun gewissen Tod vorzubereiten, und sich wenigstens eine glückliche Zukunft zuzubereiten, nicht versäumen sollte. Diese Gesinnungen zeigte er ihm auch durch die ganze Behandlung. Er bezeugte ihm, daß er nach dem, was er wirklich schon von ihm gehört, sich auf seine Aufrichtigkeit in Geständniß seiner Verbrechen und in seiner Besserung gewis verlasse, und daß er sich freue, ihn nicht durch Drohungen, Schimpf und gewaltsame Mittel zwingen zu müssen. Oefters sprach er auch von andern Gegenständen mit ihm, hörte seine Meinung, und die Inquisition nahm den Ton einer vertraulichen Unterredung an. Zugleich schickte sowol er als gar viele andere Personen der Stadt ihm Essen und Trinken zu. Auch seine

Wächter, der Stadtknecht, und andere Bürger ahmten in ihrem Theil dem Beyspiel der Vorgesezten nach, giengen ganz vertraulich mit ihm um, hörten ihn manches lustige Histörchen erzelen, und lachten und betheten wechselsweise mit ihm.

Diese Methode gelang sogleich. Mit Thränen erklärte Schwan, »daß der Oberamtmann«, diß waren seine eigenen Worte, »durch diese Güte mehr aus ihm herausgebracht, als tausend Foltern nicht hätten erpressen können«; Auch bezeugte er, daß er der Vorsehung danke, die ihm gerade in dieser Stadt seinen Tod bestimmt habe, und daß er sich aufs festeste entschlossen, auch wenn er könnte, nicht mehr zu entwischen; Weil er sich aber selbst nicht traute, so war es sein eigener Wunsch, so bath er sogar, daß man ihn, wie den ärgsten Bösewicht, bewachen sollte; Er nannte die Arten zu schließen, die allein mit Sicherheit bei ihm angewandt werden könnten, und zeigte andere an, die bey ihm unnüz wären. Besonders erinnerte er, daß man an Markttagen wachsam seyn sollte, weil hier gewiß einige seiner Cameraden sich einschleichen würden, um ihn zu retten. Mit eben dieser Bereitwilligkeit und Aufrichtigkeit nannte er die Reihe aller seiner Frevelthaten, und erzälte sie sogar öfters, noch ehe er gefragt wurde.

Seine Aufrichtigkeit dehnte sich auch auf seine Weiber aus. Er gestand alles, auch was sie begangen hatten, und diß gewis mehr um seinem Gewissen Genüge zu leisten, und ihre Besserung zu bewirken, als aus Haß oder Furcht. Aber desto hartnäckiger waren diese. Er redete ihnen daher erst sehr sanft und freundlich zu, die Wahrheit zu gestehen, als sie aber durchaus nicht nachgaben, so fiel er plözlich in seine Wuth, drohte, schimpfte, unter wiederholten Betheurungen und Klagen, daß er alles, was nur möglich, auf sich genommen, daß er in seinem ganzen Verhör nie ein Wort um seinet willen, sondern nur um ihretwillen gelogen, und daß es ihm die Verruchten jezt auf diese Art vergelten.

Aber kaum hatte er ausgetobt, so reute ihn seine Hize wieder; Er bat sie um Verzeihung, und flehte sie auf die sanfteste Weise, Gott und die Obrigkeit durch Läugnen nicht noch mehr zu erbittern, und ihre und seine Sünden noch schwerer zu machen.

Nun war seine Seele auch empfänglich genug, um die Lehren der Religion mit Erfolg aufzunehmen.

Zwey Geistliche besuchten ihn: Herr Diakon Leusler, und Herr Vikar

Krippendorff. Von dem erstern, einem würdigen längst verstorbenen Manne, habe ich keine Nachrichten mehr bekommen; Ich muß mich daher bloß auf die Unterhaltungen des andern einschränken. Krippendorff redete bey dem ersten Besuch von dem Zorn Gottes, der diejenigen verfolge, die die Mittel der Gnade zu lange verschmäht, von einer traurigen Ewigkeit, von den Schwierigkeiten einer aufrichtigen Besserung nach einem so ruchlosen Leben etc. Diese Vorstellungen machten auf Schwanen den unerwartetsten Eindruck; Er ward durch dieselben so unwillig gemacht, daß er voll Mismuth dem Geistlichen entgegen rief, ob er nur gekommen sey, ihn zu quälen. Diese Antwort gab Gelegenheit zu einer Wendung der Unterredung, die mehr gemäß war, seinem Herzen nahe zu kommen. Nein! antwortete ihm der Geistliche, ich bin gekommen, als ein Bote des Friedens, und trage dem reuigen Sünder in Gottes Namen, in dessen Namen ich ihn sogar darum bitten soll, Gnade an; dann flehte er Gott um Vergebung ihrer beyder Sünden und dankte ihm für die Langmuth, die er bisher gegen Schwanen bewiesen. Jezt war die rechte fühlbare Saite seines Herzens getroffen; Schwan, bey dem durch alle Vorstellungen von Gottes Zorn nur Unwille und Angst erpreßt werden konnte, war durchaus bewegt bey dem blossen Gedanken von der Langmuth Gottes, sah den Geistlichen während seines Vortrags mit unverwandten Augen an, und zerfloß in Thränen. Auch bezeugte er ausdrückentlich, daß ihn diese Langmuth Gottes selbst während seines ruchlosen Lebens oft zu Thränen bewogen habe.

Von dieser Zeit an schlug der Geistliche bloß diesen Weg ein, und erweckte dadurch wirklich aufrichtige und warme Gefühle der Frömmigkeit und Tugend.

In so lebhaften und unaufgeklärten Gemüthern, als Schwans war, geht lebhaftes Religionsgefühl immer in abergläubische Handlungen und Empfindungen über. Ich merke es daher nicht zu seiner Schande, sondern nur um die Größe jener Gefühle anzuzeigen an, daß er einst, da er bey ziemlichem Durst mehr Verlangen nach einem Glas Wein, als nach Gesängen gefühlt, sich nachmals aufs höchste darüber betrübt, und voll Zorn über sich selbst das Gesangbuch auf den Boden geworfen, welches ihm dann einen neuen eben so großen Kummer verursacht.

Die Ausrottung seiner Laster.

Bald zeigte sich nun auch diese wiedererweckte Liebe zu Gott in allen seinen Gesinnungen und Handlungen. Ich weiß gewiß, daß ich jedem woldenkenden eine wahre Freude mache, wenn ich die neue Gesinnungen, die nun in ihm entstanden, etwas weitläuftiger schildere.

Man sezt die Sinnesänderung in einen Abscheu vor den vorigen Fehlern, und in Schaam und Reue darüber, aber das vorzüglichste Zeichen ist möglichster Ersaz alles dessen, was man ehmals verbrochen, Ausrottung aller schlimmen Neigungen, und Einpflanzung edlerer und besserer. In allem diesem äusserte sich die Besserung seiner Seele.

Schwan, so stolz er war, so sehr er oft selbst gegen den Allerhöchsten sich zu beugen waigerte, gestand doch endlich, daß er der verworfenste unter den Menschen gewesen, daß er so manchen Unglücklichen gemacht, mit so manchen Verbrechen die Erde befleckt; und Schmerz durchdrang ihn bey jedem dieser Gedanken; Ein Schmerz, den er (und Aufrichtigkeit behielt er selbst in seinen ruchlosesten Jahren) nicht der Furcht vor dem nahenden Tod, sondern bloß seiner Betrübniß über die so lange Vernachläßigung der Langmuth des Höchsten zuschrieb.

Er dachte sehr fleißig daran, wie er das viele böse, so er gethan, auch nur durch einiges gute wieder ersezen könnte. Er suchte nämlich nach seinem Vermögen so viel böses zu verhindern, als er nur konnte; nahm sich aber hiebey sehr in acht, niemand mit einer Unwahrheit, ja nicht einmal mit einer Muthmassung zu nahe zu treten. Ich will, sprach er, lieber zu wenig, als zu viel sagen. Gott weiß, fuhr er fort, daß nicht der geringste Groll darunter verborgen liegt, wann ich jemand entdeckte. Ich habe im Gegentheil viele von meinen Freunden, manche, die aus ihren Betten aufgestanden sind, um mich darin liegen zu lassen, nur um das Böse zu verhindern, verrathen. Ich gestehe es, daß mir dieses selbst sehr wehe thut. Aber wenn ich gedenke, daß dadurch ihre Kinder abgehalten werden, den bösen Exempeln ihrer Eltern zu folgen, daß so viele unschuldige gerettet, daß manches Kind in Mutterleibe werde erhalten werden, so bin ich überzeugt, daß ich hieran recht gethan habe.

Ich habe schon oben gezeigt, wie sehr sein Stolz gebrochen war; gleich sehr war es seine Rachsucht. Er selbst hielte die abgeschlagene Heurath mit Müllerin für die Ursache seines Unglücks, und brannte daher während seines ganzen Lebens von Wuth und Rachsucht gegen seinen Vater. Dennoch redete er zulezt mit großer Mäßigung von ihm.

Er hätte können anders mit mir verfahren, sagte er einst; Doch es ist auch wahr, daß mein Eigensinn allzugroß war; ich selbst habe das Gute verworfen, und das Böse erwählet. Ich will dahero gern alle Schuld auf mich allein nehmen. Aber wenn er ja auch Schuld seyn sollte, so gedenke doch Gott seiner Sünden nicht. Er hat auf dieser Welt Trübsal genug an mir erlebt.

Der arme alte Mann, fuhr er ein andersmal fort, mein Vater, dauert mich. Ich werde ihm keine Vorwürfe machen. Ich wünschte mir noch seinen Segen: Der Eltern Segen baut der Kinder Häuser. Das schickt sich nun freylich nimmer auf mich. Aber sein Segen würde mir doch erquickend seyn. O daß Gott ihm seine Sünden vergeben wollte, wie er mir die meinige vergeben hat!

Nichts aber war jezt so lebhaft, als die niemals ganz verbrannte Empfindungen der Liebe. Sein ganzes Herz hieng an seinen beyden Frauen, und vorzüglich an seinem Kind. Man schickte ihm nichts zu essen, von dem er nicht diesen mittheilte. Besonders aber war er für ihren Seelenzustand so bekümmert, daß er ihnen, wo er nur konnte, auf das nachdrücklichste zusprach, daß er stets sich nach ihren Gesinnungen erkundigte, und sowol dem Oberamtmann als den Geistlichen die Methode anzugeben suchte, wie man ihren Herzen am besten beykommen könnte.

Eine solche Gemüthsverfassung gab ihm Muth in den Augenblicken, und unter Umständen, in denen sich sonst Verzweiflung auch der stärksten bemächtigt; ja er erhob sich durch dieselbe bis zu einem solchen Grad der Freudigkeit, die ihm selbst bewundernswürdig vorkam, und die bisweilen so weit gieng, daß er selbst befürchtete, ob sie nicht blosser Leichtsinn seyn möchte.

Eine erst seit so kurzer Zeit und so schnell erworbene Tugend kann indessen nicht so ununterbrochen und erschüttert seyn, als diejenige, die durch lange mühsame Anstrengung eines ganzen Lebens errungen worden. Eben so wie auch lange und tief eingewurzelte Laster in so großer Eile niemals so völlig ausgerottet werden können, als wenn das ganze Leben zur Ausrottung derselben angewandt worden.

Auch bey Schwanen zeigten sich daher bis an das Ende seines Lebens immer noch bisweilen Spuren seiner ehemaligen rohen Gemüthsart.

Wollust war in seinen ruchlosen Jahren seine Hauptleidenschaft gewesen und er hatte sich lange an unzüchtige Gespräche und Gedanken gewöhnt. Auch nach seiner Sinnesänderung kehrten daher öfters unzüchtige Neben-Ideen, die er sich ehmals angewöhnt, zurück, störten ihn beym Gebeth oder bey Anhörung biblischer Sprüche, und raubten ihm jeden Trost, den er daraus schöpfen wollte. Ausser diesem hatte er öfters während seiner Ruchlosigkeit über Religion gespottet, auch diese Ideen kehrten nun zurück, wenn er gerade am meisten zur Andacht gestimmt war. Tausendmal verwünschte er jezt den unseligen Wiz, der ihn zu Spöttereyen über die Religion getrieben, tausendmal den Beyfall seiner Kameraden, die seinen Wiz bewundert.

Eben so wenig verließ ihn seine rohe Lustigkeit. Ein Glas Wein und ein gutes Essen machte ihn auch in den lezten Tagen seines Lebens plözlich noch so lustig, daß er die ganze Gesellschaft mit Scherz unterhielt, und Henker, Tod, Bekehrung – alles vergaß.

Nichts aber erhielt sich so lange, als seine Herrschsucht und Stolz. Einige Tage vor seinem Tode kamen zwey fremde zu ihm; von denen einer ihn fragte, ob er der unglückliche sey, der so viele unglücklich gemacht habe? – Meine Herren, antwortete er, wer ist unglücklicher, Sie? oder ich? Sie, die vielleicht mitten in ihren Sünden durch einen einzigen Schlag dahin gerissen werden, oder ich, der ich durch das Blut Jesu mit Gott versöhnet bin.

Indessen reuten ihn doch diese Fehler sogleich wieder, nachdem er sie begangen hatte. Mein Gott! sprach er zu seinem Geistlichen bey dem leztern Vorfall, was bin ich für ein elender Mensch; Ich habe mich aufs neue versündiget, ich habe nicht einmal diese einzige Rede erdulden können. Gehe, o Herr! nicht mit mir ins Gericht, sondern sey mir armen Sünder, der leider! immer noch fortsündiget, gnädig.

Ankündigung des Todesurtheils.

Diß war die Verfassung seiner Seele, als ihm jezt bey feyerlicher Versammlung sein Todesurtheil nebst dem Tage seines Todes angekündiget wurde. Er sollte, so lautete dasselbe, den 20. Jul. gerädert, sein zweytes Weib und seine Magd gehenkt und sein erstes Weib auf 10 Jahre ins Zuchthaus gesezt werden.

Schwan hörte mit unveränderter Mine die schrecklichen Worte, keine Thräne entfloß seinen Augen, kein unwilliger Seufzer seinem Munde. Wenn sie meine Beine in 1000 Stücke zerstossen, sagte er, so können sie mich doch nicht von meinem Heyland reissen.

Doch Gott! wie schwach ist der arme Sterbliche! Jene Ermannung kostete ihn die ganze Anstrengung seiner Kräfte, den ganzen Schwung seiner Seele. Sobald also diese nachliessen (und nothwendig mußten sie um so früher nachlassen, je stärker sie gespannt waren) so trat Furcht in die Stelle des Muths, und er beklagte sich einige Stunden hernach, daß sein Tod doch immer sehr hart sey. Aber bald bestrafte er sich selbst wegen dieser Zaghaftigkeit, und fühlte seine ganze vorige Stärke wieder.

Den folgenden Tag, den lezten vor seinem Tode, blieb er eben so ruhig. Nur noch einen einzigen Tag, so rief er dem ihn gleich Morgends besuchenden Geistlichen entgegen, bis zur Ewigkeit, und Gottlob zur frohen Ewigkeit. Lange habe ich nicht so sanft geschlafen, als in dieser Nacht.

Jezt erfolgten einige sehr rührende Scenen. Lange schon waren Schwan und sein zweytes Weib sehr gegen einander erbittert; lange schon hatte die leztere ihn der Lieblosigkeit, der Lügen und der Verrätherey beschuldiget; Jezt brannten sie beyde vor Begierde, sich zu versöhnen und dann auf ewig von einander Abschied zu nehmen. Es ward gestattet, und sie wurden sogleich zusammengeführt. Voll innigster Bewegung fielen sie sich nun in die Arme, gaben sich dann die Hände mit gegenseitigem Versprechen, alle Mißhelligkeiten, die bisher unter ihnen entstanden, wechselsweise zu vergessen, und trösteten sich, daß sie morgen in dem Ort der Seligkeit wieder zusammen kommen würden. So freudig sich Schwan bezeugte, so versicherte doch sein Weib, daß sie ihn an Freudigkeit im Sterben noch übertreffen wolle, und so schieden sie, sich Glück wünschend zum Kampf und Sieg, vergnügt von einander.

Nach dieser zärtlichen Scene erfolgte eine andere noch wichtigere. Schwan hatte sich vorgenommen, das heilige Abendmal zu geniessen, zu welcher Absicht er bis um 9 Uhr ganz allein bleiben wollte. Um diese Zeit kam also der Geistliche wieder, fand ihn in Thränen zerflossen, sprach ihm eine Beicht vor, und ertheilte ihm die Absolution.

Beym Anhören der leztern ward Schwan aufs innigste bewegt, er fiel voll der höchsten Rührung auf seine Knie, und dankte Gott unter lauten Thränen für die erwiesene Gnade. Dieser Vormittag war überhaupt nach seiner eigenen Aeusserung einer der glücklichsten seines Lebens.

Ich kann nicht aussprechen, so drückte er sich selbst hierüber aus, welch einen glücklichen Vormittag ich heute gehabt habe. Mein Herz wallete vor Liebe zu meinem Heylande. Zu dem komme ich morgen, schon morgen. Morgen um 12 Uhr aufs längste bin ich bey ihm. O wenn es doch nur schon morgen wäre!

Krippendorff, der jezt zugegen und durch diese Aeusserungen innigst bewegt war, rief hier voll Freude aus: o Tod, wo ist dein Stachel? Hölle, wo ist dein Sieg? Gott sey Dank, fiel Schwan ein, der mir den Sieg geben wird, und schon gegeben hat.

Des Nachmittags verlohr sich zwar diese Freudigkeit ziemlich, weil ihn, wie er selbst sagte, die zu grosse Menge von geistlichen Zusprüchen betrübt und zerstreut hatte: doch kehrte sie Abends wieder zurück.

Endlich erschien der Tag, an welchem er hingerichtet werden sollte. Morgens früh um 5 Uhr kam Krippendorff zu ihm, und traf ihn im Gebet an. Er sah frisch und munter aus; dennoch hielt er, weil seine Seele nicht so hochgeschwungen und furchtlos wie gestern war, sich selbst für verstockt, ein Gefühl, welches jedoch durch Hülfe des Gebets sich bald wieder verlohr.

Er ward zuerst auf das Rathhaus abgeführt, wo ihm sein Todesurtheil aufs neue vorgelesen wurde. Fremde zitterten für ihn, seine Richter selbst erblaßten, Schwan allein stand ruhig, und unerschrocken; Nur als er sich in demselben einen Erzbösewicht nennen hörte, sezte er lächelnd hinzu: der bin ich gewesen. So bald diese Vorbereitungen geendet waren, und er von seinen Weibern und seinem Kinde Abschied genommen hatte, band ihn der Henker auf die Schleife an. Nun, sprach Schwan, der ist doch barmherzig. Er hätte mich härter binden können, er verspahrt mir doch einige Schmerzen; Selig sind die Barmherzigen.

Der Weg gieng jezt durch die Stadt, und nichts entgieng seiner Aufmerksamkeit. Er sah sein Kind an einem Fenster, ward innig gerührt, rief ihm allerley Liebkosungen zu, und segnete es. Da man an dem Plaz anlangte, wo er gefangen genommen worden, sagte er zu den Umstehenden: das ist der glücklichste Ort, den ich jemals in meinem Leben betreten, hier hat Gott angefangen, mich recht zu sich zu ziehen.

In eben diesem Augenblick kam ein alter Mann, der vermuthlich von Eberspach war, gerade auf ihn zu: O! wo gehts da hinaus, Friederich, rief der Alte. Zum Himmel, erwiederte Schwan ganz munter.

Endlich war der Zug angelangt. Sogleich ließ er sich unter den Galgen hinführen, um seiner Frau und Magd bey ihrer Hinrichtung zusprechen zu können.

Während dieser Scene blieb er standhaft, nur als er seine Frau verzweiflungsvoll und tobend dahin sterben sah, floß eine Thräne von seinen Wangen. Ach, rief er, die arme Christine ist verlohren, ist ewig verlohren. Ach Gott, erbarme dich über sie! Doch bald faßte er sich wieder, sagte zu den Umstehenden ganz ruhig und gelassen: Jezt ist die Reihe an mir, und bat, ihn zu dem Gerüste, auf dem er hingerichtet werden sollte, hinzuführen. Hier warf er sich, sobald er entbunden war, nieder, betete laut und eifrig, ermahnte die Umstehenden, sich an ihm zu spiegeln, und dankte allen Personen, die ihm bisher Gutes gethan hatten, meistens namentlich. Diß war sein Abschied von der Welt.

So bald dieser vollendet war, gieng er muthig auf das Gerüste hinauf, fragte die Henkersknechte, wie er sich legen müsse, legte sich dann mit ihrer Hülfe ruhig und freudig nieder, und empfieng betend und dankend den tödtlichen Stoß.

Sammlung und Erklärung merkwürdiger Erscheinungen aus dem menschlichen Leben von Jacob Friedrich Abel. Tl. 2. Stuttgart: Erhard, 1787. Bl. 2^r–3^v (Vorrede), S. 1–86 (Lebens-Geschichte Fridrich Schwans). [Wie im Falle Schillers existieren auch von Abels Buch Parallelausgaben: Das hier zugrunde gelegte Exemplar der Staatsbibliothek Berlin (Sign.: Nn 394) weicht signifikant von dem Privatexemplar ab, das Wolfgang Riedel 1995 für seine Edition verwendet hat (von orthographischen Details – z. B. ›s‹ statt ›ss‹, ›z‹ statt ›tz‹, ›th‹ statt ›t‹ – bis zur Ersetzung, Hinzufügung oder Weglassung einzelner Wörter und Sätze).]

5 Dokumente

a) Steckbrief zur Ergreifung von Friedrich Schwan (1758)

Beschreibung des famosen Bößwichts Friderich Schwahnen, von Ebers-pach Göppinger Amts.

Dieser Räuber und Mörder ist 27. Jahr alt, kurzer Statur, und nur 5. Fuß 7. Zoll lang, dabey aber besezt, eines starcken Kopfs, weissen saubern Angesichts, dicker rother Backen, braun- oder vielmehr gelb-lechter kurzer glatter Haaren, schwarzbrauner Augen, breiter Schul-tern, und starcker Waaden.

Was seine Kleidung anbetrifft, so hat er sonsten gemeiniglich ein ro-thes Brusttuch, blauen auch zu Zeiten grünen Frieß-Rock, schwarze Hosen, und weisse Strümpf getragen, worauf aber nicht zu gehen, inde-me er seine Montirung je, nachdeme er einen Raub, und gewaltsamen Einbruch begangen, verändert, manchmal Waden-Stiffel träget, bestän-dig heimlich Gewöhr- auch mehrmalen eine Flinten oder Kugel-Büxen und Hirschfänger bey sich führet, und sich mittelst Führung eines Hunds bald vor einen Mezger- bald Kieffer-Knecht, welcher Handwercker ge-wohnliche Ohren-Gehäng er zu Zeiten träget, bald vor einen Bierbrauer, bald vor einen andern Professionisten, bald aber vor einen Jäger ausgibet, und zu solchem Ende falsche Pässe und gedruckte Kundschafften mit sich führet, zu Zeiten auch sich in Weibs-Kleider verkleidet, bald allein gehet, bald aber eine Concubine, bald einen Cameraden, zu Zeiten auch mehrere mit sich führet, und zu Diebs-Banden sich gesellet, bey leztern aber länger nicht verbleibet, als bis er einen Raub mit ihnen begangen, zur Winters-Zeit hin und wieder auf einzelen Höfen, oder abgelegenen Orten, auch mehrmalen im Futter in Ställen jedoch ganz kurze Zeit- zur Sommers-Zeit aber meistens seinen Auffenthalt, als ein Erz-Wilderer in denen Waldungen und Höhlenen hat, wohin er sich das Essen und Trin-cken entweder durch Cameraden, oder seine Concubinen, nebst Pulver und Bley aus denen Kauf-Läden abholen lässet.

Wann er einen gewaltsamen Einbruch und Raub vor hat, gehet er, wo er vorhero nicht schon bekannt, wie es zu Heßenthal, Geißlingen und Gmünd, und anderer Orten ergangen, etliche Tag, oder etliche

Wochen vorhero mit seinen Cameraden oder Concubinen in solches Haus, und wann es ein Wirth, zechet er bey ihme, wann es aber ein Kauffmann, so kauffet, oder failset er Waaren, und siehet mittlerweilen die Gelegenheit zu einem Einbruch aus.

Seine Einbrüch verübt er gemeiniglich in der Nacht vor einem Feyer- Sonn- oder Festtag, und, wann solche vorbey, so bleibet er entweder, wann ihme die Situation bekannt, in der Nähe an verborgenen Orten, oder er entfernet sich alsobalden 10. bis 12. auch mehrere Stunden weit.

Ansonsten ist sein Auffenthalt meistens um Eberspach herum, zu Hattenhofen bey seinem Schwager, Ochsenwirth Strauben, in dem Gemündischen in der Stadt, und St. Catharina, Rechbergischen, Schwäbisch Hallischen, Limpurgischen, auch in Zeiten in und um Reuttlingen, und Urach herum. Seine Sprache ist angenehm, und sein Umgang also schmeichlend, daß er einen jeden, der ihne nicht kennet, dergestalten einzunehmen weißt, daß man seinem fälschlichen Vorgeben vollkommenen Glauben beymisset.

Wobey noch anzumercken, daß er sich zu Zeiten starck bezeche, und volltrincke, also zwar, daß er hernach auf dem Feld, und zwar zur Sommers-Zeit in Früchten, oder auf dem Graß verliegen bleibt.

Nach dem Original in der Württembergischen Landesbibliothek Stuttgart.

b) Bericht von Konradin Ludwig Abel an den Herzog Carl Eugen (7. März 1760)

Durchlauchtigster Herzog,
Gnädigster Fürst und Herr!

Vayhingen,
den 7ten Marty. 1760.
Ober Amtmann allda berichtet
Unterthänigst, auf welcherleyweiße
der so genannte Sonnenwirthle, oder
Friedrich Schwahn von Ebersbach,
gestern Abends von ihme dahier
in sichern Verhafft genommen worden seye?

Ewer Herzogl. Durchlaucht soll und kan ich hiemit, vorläuffig in Unterthänigkeit nicht verhalten, wie daß ich das Glück gehabt, einen der verruchtesten Mörder und Räuber, den so genannten Sonnenwirthle, oder Friedrich Schwahnen von Ebersbach, auf folgende Art in Gefängliche Verhafft zu bekommen: Dieser Bösewicht wurde mir gestrigen Abends von dem Wächter des Thores, welches sich zwischen dem vorliegenden Leonberger und Maulbronner Amt, gegen das Durlachische hinwendet, auf einem Pferdte sitzend, gerade zu einer solchen Zeit vor das Hauß geführet, da ich von ohngefähr in dem Oehrn vor dem Eingang stund: Ich forderte von Ihm seinen Pass ab, und er zeigte mir deren 3, die zum Theil ganz neu, und durchaus unverdächtig schienen, gleichwohl nahm ich neben seiner Dreustigkeit eine gewise Alteration an Ihme war, die mich bewog ihme zu erkennen zu geben, daß hier der Orth nicht seye, mich mit ihme auf dem Pferd zu besprechen, und er also absizen, und mit mir herauf gehen solle; kaum hatte ich diese Worte ausgesagt, als er das Pferdt umwandt, und im vollen Calopp davon ritt, ich hingegen zu gleicher Zeit meinem in der Nähe geweßten Scribenten befahl, daß er ihm durch einen nähern Weg vorspringen, und zu seiner Habhaftswerdung alles herbeyrufen sollte; Nun war zwar auch solches von dem glücklichen Erfolg, daß ihm erst unter dem Thor das Pferdt am

Zügel gehalten, und da er hierauf abgestiegen, und zum Thor hinaus springen wollte, auch er selbsten von einem andern hinzugeloffenen jungen Bürger aufgefangen – und biß noch mehrere darzugekommen, um den Leib gehalten wurde, doch hätte es demselben beynahe das Leben gekostet, indem der Bösewicht eines von denen – in dem Rockfutter versteckt gehabt – und scharf geladenen – zwei feinen Pistolen hervorzog, solches dem Bürger eine gute Weile auf den Leib hielt, und ohnfehlbar auf Ihne abgefeuert haben würde, wenn er nicht aus Bestürzung den Hahnen zu spannen vergeßen. Bey seiner – auf dieses hin, me præsente, in der Oberamtey biß auf den blosen Leib beschehenen Entkleidung fande man keinen Heller Geldt, und auch außer denen Pistolen sonsten lediglich nichts bey ihm, als 1. seidenes Schnupftuch, 1. teutsches und jüdisch-hebräisches Wörterbuch, 1. Signet, 1. silbernen Ring, 1. Silbern Ohrenlöfelen, 1. Bleykugel, und 38. Pfosten, 1. Pulverhorn, darinnen aber gar wenig Pulver geweßt, 1. Stahl, 1 Feuerstein, u. Zundel, einige Schwefel. Hölzlein, 1. fingerlanges Wachs-Kerzlein, 1. Kugelzieher, und ein Schnappmeßer. Wobey er sich ganz betruncken stellte, vor einen Kayßerl. Deserteur ausgab, und Johannes Klein nannte, sonsten aber nichts richtiges und vernehmliches antworten, und von sich kommen laßen wollte; Indeßen war ich aus allem zu genüge überzeugt, daß er einer der grösesten Spizbuben seyn müße, und ließ ihn dahero die Nacht über, mittelst einem eißernen Hosenträger, in dem Blockhauß auf den Boden durch die Wand schließen, und so verwahren, daß ich seines nicht Entkommens halber überflüßig gesichert seyn könte; Ich hielte diese Vorsicht um so nöthiger, als ich schon vorläufig vermerckte, daß seine ganze personage mit der von ihm in Druck gekommenen Beschreibung gänzlich übereinzustimmen schien; Und anheute erzeigte es sich auch würklich, daß ich mich in meiner Meynung nicht betrogen habe, da als ich ihn heute wiederum vor mich kommen ließe, und ihm, ehe ich ad Specialia gieng, vorderhand umständlich zu Gemüth führte, daß er, nach aller Vorliegenheit, ein Mörder, Räuber, und einer der grösesten Spizbuben seye, daß er in der Zeit seines noch übrig- und auf vielfältige Art verwürckten Lebens, meinen Händen auf keinerley Weiße mehr entgehen werde, und also seine einige Sorge seyn laßen solle und müße, wie er seine Seele noch erretten möge, so aber anderst nicht geschehen könne, es seye denn, daß er vorher von allen seinen begangenen Mißethaten eine redliche Bekanntniß ablegen – und so auch von seinen Complicibus und ihren Factis nur richtig- und gewissenhaffte Eröfnung von sich kommen laßen werde; So fieng er, nachdem er solches alles angehöret, darüber zu weinen an, und sagte mir ganz freymüthig: Er seye der so genannte Sonnenwirthle von Ebersbach, Er wisse wohl, daß das Maaß seiner Sünden voll, und er die Todes-straff vielfältig verwürckt habe: wolle sich, da er sich schon öffters selbsten den Tod gewünscht, und ihm sein so sündlich- als elendes Leben (wie man aus einem – an den Durlach. Beamten von Stain erlassenen Schreiben, als worinn er demselben gegen ausgebettener Gnad, 50. biß 60. Spizbuben in die Hände zu liefern – offerirt, werde ersehen können) schon lang entleydet, aller Strafen willigl. unterwerfen, Gott und seinen Landsfürsten um Gnade und Verzeyhung bitten, und weder von sich, noch seinen Complicibus, die meistens aus Juden bestehen, und davon gegenwärtig seines Wissens, keiner in dem Lande, das allergeringste verhehlen; Und gleichwie er auch damit würcklich einen zimml. Anfang gemacht, also darf man sich, allem Ansehen nach, von seiner Aussage vieles gute versprechen; Er ist im übrigen aus dem Durlach. gekommen und willens geweßt, mit einem seiner Cameraden (der aber zu Fuß einen andern Weg genommen, und das Pferdt, so er ihme dem verhassten Schwahnen geliehen, dem Adler Wirth zu Flehingen entwandt) in die Gegend von Heilbronn abzugehen, dahero ich solches würklich dahin notificirt habe; Und dieses wäre es also, was Ew. Herzogl. Durchlaucht von diesem Vorgang præliminariter ich hiemit gehorsamst ohnverhalten laßen solle, der ich in submissestem Respect verharre

Ewer Herzogl. Durchlaucht

Unterthänigst verpflicht-gehorsamster,
Oberamtmann zu Veyhingen.
Conr. Ludw. Abel.

Nach dem Original in der Württembergischen Landesbibliothek Stuttgart.

c) Briefliche Empörung Schillers gegenüber seinem Verleger Georg Joachim Göschen, der in einer Werbeanzeige die Anonymität bei der Erstpublikation verletzte (13. Februar 1786)

Nun zu etwas wichtigem. Ich lese in der Litteratur und Völkerkunde eine Anzeige der Thalia mit einer Probe. Ich gestehe Ihnen liebster Freund, daß ich nicht wenig darüber erschroken bin. Es ist nicht nur ganz gegen meinen Wunsch, daß einige Artikel dieses Hefts, wozu ich ausdrüklich fremde Zeichen gebraucht habe [die Erzählung war mit ›†‹ gezeichnet; Anm. A. K.], mir positiv zugeschrieben werden, vorzüglich die Geschichte aus dem Wirtembergischen […]. Ich erbiete mich, lieber Freund, die Unkosten ganz zu tragen, wenn Sie den Umschlag zu diesem Hefte zernichten und umdruken laßen. Es ligt mir alles daran, und die paar Louisd'ors die es mich allenfalls kostet, fechten mich nicht so an, als die Sache. Das Journal wird noch nicht verschikt sein, und also hoffe ich daß Sie meine Bitte mir erfüllen werden. Körner ist ganz meiner Meinung.

NA 24. S. 34 f.

d) Rezensionen der *Thalia*, die den anonymen Erstdruck von Schillers Erzählung enthält (1786)

Schon der Name des Herausgebers kann Aufmerksamkeit erwecken; denn so wie man in seinen frühern Schriften eine wilde, regellose Einbildungskraft und eine kolossalische Charakterzeichnung auffallend und etwas widrig gefunden hat: so war darinnen der hohe poetische Geist nicht zu verkennen, und man konnte sicher hoffen, daß er mit der Zeit das Ueppige ablegen, und das Regellose nach und nach in Natur und Geschmack verwandeln werde. Und diese Hofnung ist in dieser Schrift wirklich ihrer Erfüllung ziemlich nahe gekommen. Es kam schon vor länger als einem Jahr das erste Stück derselbigen unter dem Titel: Rheinische Thalia in Mannheim heraus; ihre Fortsetzung wurde durch eine Reise des Herausgebers unterbrochen und fängt nun unter einigen wesentlichen Veränderungen von neuem an. […] Dieses Stück enthält […] 3) Verbrecher aus Infamie, eine wahre Geschichte – eigentlich die Geschichte eines vor einigen Jahren im Reiche sehr berüchtigten Räubers, des sogenannten Sonnenwirths – ein vortreflicher Aufsatz nicht nur in psychologischer, sondern auch in ästhetischer Rücksicht.

Nürnbergische gelehrte Zeitung vom 4. April 1786. St. 27. S. 212–214.

Geist der vaterländischen Zeitschriften. *I. Thalia;* von Schiller.

Lange hat das Publikum dies zweite Heft eines Journals erwartet, dessen Herausgeber zuverlässig unter die ersten Köpfe der Nation gehört. Dafür enthält es aber auch keinen Aufsatz, den die Muse, welche auf dem Titel steht, nicht das reife Siegel der Vollendung aufgedruckt hat. Recensenten und Journalisten-Lob sind eine zu entehrte Waare, als daß ich es dem Verfasser aufzudringen wagen sollte; wenn gleich diese Stimme, welche vielleicht nicht bis zu ihm gelangt, weder die kalte Stimme der Mode, noch die feile Stimme der Partheilichkeit ist. […] 3) *Verbrechen aus Infamie. Eine wahre Geschichte.* Wollte ich den Herausgeber chickaniren, so würde ich die Frage aufwerfen: wie Thalia mit Criminalackten zusammenkomme? Ich verkenne indessen keineswegen den Nutzen, welchen sie für den Dichter und Menschenkenner haben können. Nur scheint doch der *Sonnenwirth*, welcher den Gegenstand dieser Erzählung ausmacht, ein ziemlich gemeiner Verbrecher, und die in dem sehr hinreißend geschribenen Aufsatze des Verfassers colorirten Motive seiner Missethaten, weniger die einmal angehängte Infamie als überwiegender Hang zur Trägheit, Sinnlichkeit u. s. w. zu seyn. Auch ließen sich gegen einige Nebenumstände dieser Erzählung, als wahre Geschichte betrachtet, mancherlei Zweifel erregen. So rechnet Wolf in seiner Erzählung vier Minuten zusammen, die er zwischen de[m] Jägerburschen und dem Hirsche, unschlüssig auf welchen er losdrücken solle? zugebracht; da der Robert derweile zuverlässig auf das Wild Feuer gegeben haben würde. (S. 35) Ferner ist es auffallend, daß Wolf, als ein kleiner nervenloser Schwächling (wie ihn der Verfasser immer beschreibt) so gleich von der Räuberbande zu ihre[m] Anführer gewählt wird. […]

Journal aller Journale 4 (1786). S. 314–316.

Die beste Widerlegung der häufigen Klagen über die Menge periodischer Werke aller Art und Einrichtung liegt unstreitig darin, daß, trotz dieses vorgeblichen Ueberflußes, noch immer von Zeit zu Zeit ähnliche Schriften nicht nur mit Zuversicht unternommen werden, sondern sich auch durch die Unterstützung des Publikums erhalten, und gewöhnlich nur durch die Nachlässigkeit der Unternehmer ihre Endschaft erreichen. Ein überzeugender Beweis, daß ihre Anzahl für die Größe des Reichs und die Bedürfnisse der zahlreichen deutschen Lesewelt bis jetzt noch nicht übertrieben oder belästigend ist. Eben so bleibt es nicht dem geringsten Zweifel unterworfen, daß diese periodischen Blätter auf die Cultur der Nation und die Verbreitung der Aufklärung und Toleranz wesentlichen Einfluß gehabt, und manches gute Saamenkorn ausgestreut haben, von dem wir die Blüte, und hie und da auch schon wirklich die Früchte mit leichter Mühe gewahr werden. […]

III. Verbrecher aus Infamie. Eine angeblich wahre Geschichte, die aber auch alle Spuren der Wahrheit an sich trägt, und nicht minder interessant als unterrichtend und im Ganzen gut erzählt ist. Sie gehört zu den schätzbaren Beyträgen zur Charakteristik des menschlichen Herzens.

Neue Bibliothek der schönen Wissenschaften und der freyen Künste 32.2 (1787). S. 289 f., 321.

e) Brief Schillers an Caroline von Beulwitz (10. Dezember 1788)

Diese Woche hat mich Moriz besucht, und mir eine sehr angenehme Unterhaltung verschafft, weil wir auf meine Lieblingsideen gerathen sind. Von Göthen ist er nun ganz durchdrungen und enthousiasmirt. Dieser hat ihm auch seinen Geist mächtig aufgedrückt, wie er überhaupt allen zu thun pflegt, die ihm nahe kommen. Aber ich finde, daß er auf Moriz gut gewirkt hat: Moriz hat viel Tiefe des Geists und Tiefe der Empfindung, er arbeitet stark in sich, wie schon sein Reiser beweist, der einen Menschen voraussetzt, der sich gut zu ergründen weiß. Seine Ideen bringt er zu einer anschaulichen Klarheit. Was ihn intereßirt ist ernsthaft und von Gehalt. Er scheint sehr an sich selbst zu verbeßern.

[…]

In Rom fand er meine Thalia, und einige ähnliche Empfindungsarten, die im Sonnenwirth (in meinem Verbrecher aus Infamie) ausgestreut sind und mit seinem Reiser übereintreffen[,] überraschten ihn sehr.

NA 25. S. 154 f.

f) Wilhelm von Humboldt: *Ueber die Ehrlosigkeit (Infamie) als eine Kriminalstrafe* (1791)

Der Name (*réputation*) eines Menschen ist die Meinung andrer von ihm, und wird nach der grösseren Allgemeinheit derselben bestimmt.

Ist diese Meinung – von der wir hier nur insofern reden, als sie den moralischen Charakter betrift – vortheilhaft, so heisst er: guter Name, Ehre; im entgegengeszten Fall: böser Name, Schande, Ehrlosigkeit.

Insofern Ehre und Schande durch die wirklichen, eigenthümlichen Eigenschaften des Menschen veranlasst werden, dem man sie beilegt, ist jene sein Eigenthum, diese seine Schuld. Beide bleiben indess immer abhängig von dem Urtheile andrer.

[...]

I. Wann kann der Staat die Strafe der Ehrlosigkeit verhängen?

Das erste Gesetz ist hier folgendes: die Meinung des Staats über die Moralität eines Bürgers darf sich allein nach Handlungen, und zwar nur nach solchen bestimmen, die in dem Kreise derjenigen liegen, welchen die Geseze Maass und Schranken vorschreiben.

Denn nur Handlungen und nur diese sind der Beurtheilung desselben unterworfen.

[...]

II. Welche Folgen kann, oder muss der Staat der Strafe der Ehrlosigkeit für den Bestraften beilegen?

1., Die Strafe der Ehrlosigkeit besteht in der Erklärung des Mistrauens gegen die Rechtschaffenheit dessen, der damit belegt wird.

2., Diese Strafe wird vom Staate verhängt, und ist daher nur eine Erklärung seines Mistrauens.

[...]

Merkwürdige Rechtsfälle

als ein Beitrag

zur

Geschichte der Menschheit.

Nach

dem Französischen Werk des Pitaval

durch mehrere Verfasser ausgearbeitet

und

mit einer Vorrede begleitet

herausgegeben

von

Schiller.

Erster Theil.

Jena,

bei Christ. Heinr. Cuno's Erben.

1792.

III. Wann kann, oder muss die verhängte Strafe der Ehrlosigkeit aufhören?

Jeder, auch der verderbteste Mensch ist der moralischen Besserung, oder vielmehr, da der Staat kein Recht hat, sich um die Moralität eines Menschen, sondern nur um die Gesezmässigkeit seiner Handlungen zu bekümmern, auch der Mensch, welcher die gesezwidrigsten Handlungen begeht, ist der Umänderung, und mithin der Wiedergutmachung des Vertrauens des Staats fähig. [...]

Wilhelm von Humboldt: Gesammelte Schriften. Hrsg. von der Preußischen Akademie der Wissenschaften. Abt. 1. Bd. 7.2. Berlin: Behr, 1908. S. 556–566.

g) Schillers Vorrede zur Neuübersetzung von Pitavals *Merkwürdigen Rechtsfällen* (1792)

Unter derjenigen Klasse von Schriften, welche eigentlich dazu bestimmt ist, durch die Lesegesellschaften ihren Zirkel zu machen, finden sich, wie man allgemein klagt, so gar wenige, bei denen sich entweder der Kopf oder das Herz der Leser gebessert fände. Das immer allgemeiner werdende Bedürfniß zu lesen, auch bei denjenigen Volksklassen, zu deren Geistesbildung von Seiten des Staats so wenig zu geschehen pflegt, anstatt von guten Schriftstellern zu edleren Zwecken benuzt zu werden, wird vielmehr noch immer von mittelmäßigen Scribenten und gewinnsüchtigen Verlegern dazu gemißbraucht, ihre schlechte Waare, wärs auch auf Unkosten aller Volkskultur und Sittlichkeit, in Umlauf zu bringen. Noch immer sind es geistlose, Geschmak- und Sittenverderbende Romane, dramatisierte Geschichten, sogenannte Schriften für Damen und dergleichen, welche den besten Schatz der Lesebibliotheken ausmachen und den kleinen Rest gesunder Grundsätze, den unsre Theaterdichter noch verschonten, vollends zu Grund richten. Wenn man den Ursachen nachgeht, welche den Geschmak an diesen Geburten der Mittelmäßigkeit unterhalten, so findet man ihn in dem allgemeinen Hang der Menschen zu leidenschaftlichen und verwickelten Situationen gegründet, Eigenschaften, woran es oft den schlechtesten Produkten am wenigsten fehlt. Aber derselbe Hang, der das Schädliche in Schuz nimmt, warum sollte man ihn nicht für einen rühmlichen Zweck nutzen können? Kein geringer Gewinn wäre es für die Wahrheit, wenn bessere Schriftsteller sich herablassen möchten, den Schlechten die Kunstgriffe abzusehen, wodurch sie sich Leser erwerben, und zum Vortheil der guten Sache davon Gebrauch zu machen.

Bis dieses allgemeiner in Ausübung gebracht oder bis unser Publikum kultiviert genug sein wird, um das Wahre, Schöne und Gute ohne fremden Zusatz für sich selbst lieb zu gewinnen, ist es an einem unterhaltenden Buch schon Verdienst genug, wenn es seinen Zweck ohne die schädliche Folgen erreicht, womit man bei den mehresten Schriften dieser Gattung das geringe Maaß der Unterhaltung, die sie gewähren, erkaufen muß. Es verdrängt wenigstens, so lang es gelesen wird, ein schlimmeres, und, enthält es dann irgend noch einige Realität für den Verstand, streut es den Saamen nützlicher Kenntnisse aus, dient es dazu, das Nachdenken des Lesers auf würdige Zwecke zu richten, so kann ihm, unter der Gattung, wozu er gehört, der Werth nicht abgesprochen werden.

Von dieser Art ist das gegenwärtige Werk, für dessen Brauchbarkeit ich veranlaßt worden bin, ein öffentliches Zeugniß abzulegen, und ich glaube keine andre Gründe nöthig zu haben, um die Herausgabe desselben zu rechtfertigen. Man findet in demselben eine Auswahl gerichtlicher Fälle, welche sich an Interesse der Handlung, an künstlicher Verwicklung, und Mannigfaltigkeit der Gegenstände bis zum Roman erheben, und dabei noch den Vorzug der historischen Wahrheit voraus haben. Man erblickt hier den Menschen in den verwickeltesten Lagen, welche die ganze Erwartung spannen, und deren Auflösung der Divinationsgabe des Lesers eine angenehme Beschäftigung gibt. Das geheime Spiel der Leidenschaft entfaltet sich hier vor unsern Augen, und über die verborgenen Gänge der Intrigue, über die Machinationen des geistlichen sowohl als weltlichen Betruges wird mancher Strahl der Wahrheit verbreitet. Triebfedern, welche sich im gewöhnlichen Leben dem Auge des Beobachters verstecken, treten bei solchen Anlässen, wo Leben, Freiheit und Eigenthum auf dem Spiele steht, sichtbarer hervor, und so ist der Kriminalrichter im Stande, tiefere Blicke in das Menschen-Herz zu thun. Dazu kommt, daß der umständlichere Rechtsgang die geheimen Bewegursachen menschlicher Handlungen weit mehr ins Klare zu bringen fähig ist, als es sonst geschieht, und wenn die vollständigste Geschichtserzählung uns über die lezten Gründe einer Begebenheit, über die wahren Motive der handelnden Spieler oft genug unbefriedigt läßt, so enthüllt uns oft ein Kriminalprozeß das Innerste der Gedanken, und bringt das versteckteste Gewebe der Bosheit an den Tag. Dieser wichtige Gewinn für Menschenkenntniß und Menschenbehandlung, für sich selbst schon erheblich genug, um diesem Werk zu einer hinlänglichen Empfehlung zu dienen, wird um ein großes noch durch die vielen Rechtskenntnisse erhöht, die darin ausgestreut werden, und die durch die Individualität des Falls, auf den man sie angewendet sieht, Klarheit und Interesse erhalten.

Die Unterhaltung, welche diese Rechtsfälle schon durch ihren Inhalt gewähren, wird bei vielen noch mehr durch die Behandlung erhöht. Ihre Verfasser haben, wo es angieng, dafür gesorgt, die Zweifelhaftigkeit der Entscheidung, welche oft den Richter in Verlegenheit sezte, auch dem Leser mitzutheilen, indem sie für beide entgegengesezte Partheien gleiche Sorgfalt und gleich große Kunst aufbieten, die lezte Entwickelung zu verstecken, und dadurch die Erwartung aufs höchste zu treiben.

Eine treue Uebersetzung der Pitavalischen Rechtsfälle ist bereits in derselben Verlagshandlung erschienen und bis zum vierten Bande fortgeführt worden. Aber der erweiterte Zweck dieses Werks macht eine veränderte Behandlung nothwendig. Da man bei dieser neuen Einkleidung auf das größere Publikum vorzüglich Rücksicht nahm; so würde es zweckwidrig gewesen sein, bei dem juristischen Theil dieselbe Ausführlichkeit beizubehalten, die das Original für Rechtsverständige vorzüglich brauchbar macht. Durch die Abkürzungen, die es unter den Händen des neuen Uebersetzers erlitten, gewann die Erzählung schon an Interesse ohne deßwegen an Vollständigkeit etwas einzubüßen.

Eine Auswahl der Pitavalischen Rechtsfälle dürfte durch drei bis vier Bände fortlaufen, alsdann aber ist man gesonnen, auch von andern Schriftstellern und aus andern Nationen, (besonders wo es sein kann, aus unserm Vaterland) wichtige Rechtsfälle aufzunehmen, und dadurch allmählig diese Sammlung zu einem vollständigen Magazin für diese Gattung zu erheben. Der Grad der Vollkommenheit, den sie erreichen soll, beruht nunmehr auf der Unterstüzung des Publikums, und auf der Aufnahme, welche diesem ersten Versuch widerfahren wird.

Jena in der Ostermesse 1792. F. Schiller.

Merkwürdige Rechtsfälle als ein Beitrag zur Geschichte der Menschheit. Nach dem Französischen Werk des Pitaval durch mehrere Verfasser ausgearbeitet und mit einer Vorrede begleitet, herausgegeben von Schiller. Tl. 1. Jena: Christ. Heinr. Cuno's Erben, 1792. Vorrede [o. Pagina].

h) Rezension der Buchausgabe, die Schillers Erzählung enthält (1792)

Kleinere prosaische Schriften von Schiller. Aus mehreren Zeitschriften von dem Verfasser selbst gesammelt und verbessert. Erster Theil. Leipzig bey Crusius, 1792. 410 Seiten.

Wie sehr sticht die fast zu weit getriebene Bescheidenheit, mit welcher dieser berühmte und mit Recht allgemein geschätzte Mann in der Vorrede zu dieser Sammlung von dem Werth derselben spricht, gegen den Ton ab, den so viele deutsche Schriftsteller, zumal die jüngern, in solchen Fällen gegen ihre Leser anzunehmen pflegen. Blos um dem Nachdruck zuvorzukommen, sagt Hr. Schiller, und zugleich seinen Freunden in der lesenden Welt eine Auswahl desjenigen in die Hände zu geben, was er unter seinen kleinern prosaischen Versuchen der Vergessenheit zu entziehen wünsche, habe er diese Sammlung veranstaltet. Die meisten der hier zusammengedruckten Aufsätze trügen auch jetzt noch das Gepräge ihrer ersten zufälligen Entstehung an sich. Nur für Leser, die die Individualität eines Autors interessire, die, wenn sie in dem Buche auch nicht mehr finden sollten, als den Verfasser selbst, mit diesem kleinen Gewinn sich begnügten, seyen diese Rhapsodien bestimmt, und eine flüchtige, für ernsthafte Zwecke nicht ganz verlohrne Unterhaltung sey alles, was er diesen davon versprechen könne. So lobenswerth diese Bescheidenheit ist, so ungerecht würde gleichwohl der Kunstrichter handeln, der dem Verf. in diesem Urtheil über seine Arbeiten unbedingt beystimmen, und ihnen nicht den höhern Werth zugestehen wollte, den sie wirklich besitzen, und der allein hinreichend wäre, einem Schriftsteller, der auch sonst nichts geschrieben hätte, einen ehrenvollen Platz in der gelehrten Republik zu verdienen. In den beyden folgenden Theilen, die gewiß erscheinen werden, wenn die Herausgabe derselben, wie Hr. Schiller versichert, nur davon abhängt, daß dieser erste Käufer und Leser finde, sollen verschiedene noch ungedruckte Aufsätze eingerückt werden. Die im gegenwärtigen ersten Bande enthaltenen sind sämmtlich schon gedruckt, und dürfen also hier nicht besonders beurtheilt werden. Wir geben also nur ganz kurz den Inhalt dieses Theils an. I. Die Sendung Moses (Aus der Thalia.) II. Was heißt, und zu welchem Ende studirt man Universalgeschichte? Eine akademische Antrittsrede. (Aus dem deutschen Merkur. Auch einzeln gedruckt und in dieser Bibliothek s. 101. B. S. 470 beurtheilt.) III. Philosophische Briefe. (Aus der Thalia.) IV. Briefe über Don Karlos. (Aus dem Merkur.) V. Spiel des Schicksals. Bruchstück aus einer wahren Geschichte. (Aus dem Merkur.) VI. Verbrecher aus verlohrner Ehre. Eine wahre Geschichte. (Aus der Thalia.) VII. Etwas über die erste Menschengesellschaft. (Aus der Thalia.) VIII. Ueber Völkerwanderung, Kreuzzüge und Mittelalter. (Aus der Sammlung historischer Memoires. S. A. d. Bibl. 98. B. S. 197.)

H.

Neue allgemeine deutsche Bibliothek 4 (1793). St. 4. S. 308 f. [Rezensent: Georg Schatz (1763–1795).]

i) Anmerkung zum ersten gemeinsamen Abdruck von Schillers und Abels Texten in einer Rechtsfallsammlung (1794)

Als die erste Geschichte [Schillers *Verbrecher aus Infamie*, Anm. A. K.] schon abgedruckt war, fand ich in Hrn. Abels Sammlung merkwürdiger Erscheinungen, eine Geschichte des Sonnenwirthes. Da diese nun ganz verschieden von der des Hrn. Schillers, – mit so vielen psychologischen Anmerkungen begleitet ist, auch die Geschichte seines Weibes umständlich enthält, von welcher die Thalia gar nichts sagt, überhaupt aber in ihrer Anlage und Ausführung ein Muster abgiebt und ganz das Gepräge der Aechtheit an sich trägt; so konnte ich mirs nicht versagen selbe in meiner Sammlung aufzunehmen, und zwar um so weniger, als jene Schillersche mehr als Einleitung da steht und in Vergleichung mit der Abelischen mehr zu einem Roman als zu einer ächten Erzehlung geworden ist, obgleich auch jene in der Aufschrift als eine wahre Geschichte angegeben worden war, welches sie aber nur in weniger Rüksicht geblieben.

Sammlung merkwürdiger Rechtsfälle aus dem Gebiete des peinlichen Rechts. Ein Lesebuch für Juristen und Nichtjuristen. Nürnberg: Grattenauer, 1794. S. 269 f.

j) Schillers Erzählung als wegweisendes Beispiel in der Gerichtspsychologie von Johann Baptist Friedreich (1835)

Soll die Strafgesetzgebung ihre Aufgabe psychologisch lösen, so muß sie I. nicht allein den Menschen während seiner Strafzeit, sondern auch II. den entlassenen Sträfling vor Augen haben. Wir wollen sehen, was in dieser doppelten Beziehung geschehen ist und geschehen soll.

I. In Bezug auf den Menschen während seiner Strafzeit, so muß man leider gestehen, daß noch itzt die meisten Gesetzgebungen einen psychologischen Standpunkt gänzlich entbehren und kalt und pedantisch nur die That, das Verbrechen, nie aber den Verbrecher selbst berücksichtigen. »Schon der gemeine Sprachgebrauch«, sagt Münch,* »macht darauf aufmerksam, den Verbrecher sorgfältiger, als das Verbrechen zu beobachten. Wir sind nicht zufrieden, Nachrichten von einem Verbrecher überhaupt zu hören; die erste Frage ist wohl immer: wie ist es zugegangen? wie hat er es angefangen? durch welche Umstände ist er in diese Verschuldung gerathen? wie waren seine Umstände? war er in Noth? mochte er nicht arbeiten? wurde er verführt? u.s.w.« Schiller hat dieses in seinem »Verbrecher aus verlorner Eh-

* Ueber den Einfluß der Criminalpsychologie auf ein System des Criminalrechts. Nürnb. 1799. p. 13.

re« meisterhaft gezeigt. Wir müssen ihn, sagt er ganz treffend, seine Handlung nicht blos vollbringen, sondern auch wollen sehen: an seinen Gedanken liegt uns unendlich mehr, als an seinen Thaten, und noch weit mehr an den Quellen seiner Gedanken, als an den Folgen jener Thaten. Viele unserer Gesetze und Strafverfügungen sind von der Art, daß sie den noch nicht moralisch Verdorbenen erst gänzlich verderben. Wer unbefugt einen Hasen schießt, wird eingesperrt in eine Strafanstalt, und erhält oft Jahre lang zu seiner Gesellschaft ein elendes Gesindel von Dieben, Betrügern und ähnlichen Individuen! Unsere Strafanstalten, in denen die Verirrten, die moralisch Erkrankten gebessert werden, und Reue über ihre That fühlen sollen, sind im schlechtesten Zustande, sind das wahre Bild von dem, wie sie nicht seyn sollen, und werden gewöhnlich von kalten, gefühllosen Menschen, die auch nicht die entfernteste Idee psychologischer Menschenkenntniß haben, geleitet, die in ihrer barbarischen Dummheit den Gewohnheitsverbrecher, den moralisch ganz Entarteten, so wie den einmal Verirrten, den so leicht noch der Reue und Besserung Fähigen, auf gleiche Weise behandelt. [...] Trefflich ist das Gemälde, welches Schiller in der meisterhaften Biographie des Verbrechers aus verlorner Ehre, entwirft, zu treffend, um hier nicht angeführt zu werden.

J. B. Friedreich: Systematisches Handbuch der gerichtlichen Psychologie für Medicinalbeamte, Richter und Vertheidiger. Leipzig: Wigand, 1835. S. 5–7.

6 Nachwort

Mit der »wahren Geschichte« des berüchtigten württembergischen Verbrechers Johann Friedrich Schwan (1729–1760), genannt »der Sonnenwirt«, markiert Schiller einen Höhepunkt der Verbrechenserzählung im 18. Jahrhundert. Das Genre der Kriminalgeschichte hat er damit keineswegs ins Leben gerufen, wie gerne behauptet wird, aber sicher um ein prominentes und literarisch innovatives Beispiel bereichert. Gegenüber der früheren Fassung – 1786 anonym in der Zeitschrift *Thalia* unter dem Titel *Verbrecher aus Infamie* erschienen – hat sich vor allem die spätere Buchpublikation von 1792 durchgesetzt, die auch der vorliegenden Edition zugrunde liegt, wobei durch das Verzeichnis der Varianten die Abweichungen von der älteren Version im Detail sichtbar gemacht werden. Der Text erlebte schon früh Adaptionen in Drama und Roman (Brandstätter 1984; Weber 2003), diente bereits im 19. Jahrhundert als erhellendes Exempel in der Jurisprudenz und Kriminalpsychologie und gehört heute zum literarischen Lektürekanon in Schule und Studium. Die Untersuchungen und Deutungen zu der kleinen Erzählung sind zahlreich und vielfältig, im folgenden sollen lediglich einige Aspekte und Themenfelder skizziert werden.

a) Fallgeschichte

Die im Untertitel behauptete und historisch nachprüfbare Wahrheit und Authentizität hat zum Erfolg des Textes zweifellos beigetragen. Die Doppeldeutigkeit des deutschen Wortes »Geschichte« bleibt dabei gewahrt, sie ist dokumentierende *Historia* und erzählende *Fabula* zugleich und changiert entsprechend zwischen Faktum und Fiktion. Tatsächlich verdankt Schiller die juristische ›Geschichtserzählung‹ (*species facti, re-*

latio facti) seinem Karlsschul-Lehrer Jakob Friedrich Abel, der ihm den Fall während des Studiums in Stuttgart oder bei einem Besuch in Mannheim am 13. November 1783 erzählte. Denn Abels Vater Konradin Ludwig war es, der den steckbrieflich gesuchten Kriminellen und Bandenführer als Oberamtmann am 6. März 1760 in Vaihingen festnehmen ließ und verhörte. Sein überlieferter amtlicher Bericht (S. 97–99) enthält wie auch der offizielle Steckbrief (S. 95f.) viele faktische Details, die bei Schiller wiederkehren oder variiert werden (Košenina 2012). Zudem veröffentlichte Schillers Lehrer 1787 seine eigene Fassung der Fallgeschichte, die zum Vergleich ebenfalls in vorliegende Edition aufgenommen wurde (S. 57–94). Sie erschien in Abels *Sammlung und Erklärung merkwürdiger Erscheinungen aus dem menschlichen Leben*, deren Titel symptomatisch für die Mode der Fallgeschichte ist. Dabei geht es immer um die »Sammlung« merkwürdiger Beispiele als Materialbasis zur verständigen »Erklärung« (Pethes 2005; Lüdemann 2007; Lehmann 2009).

Der neuen, psychologischen Menschenkunde schafft Karl Philipp Moritz mit seinem zehnbändigen *Magazin zur Erfahrungsseelenkunde* (1783–93) ein publizistisches Forum, und für die juristische Ausbildung wie auch die belehrende Unterhaltung des an Sensationsgeschichten interessierten Publikums begründet der französische Jurist François Gayot de Pitaval seine Kollektion *Causes célèbres et intéressantes* (1734–43), die im frühen 19. Jahrhundert von den ursprünglichen 20 bereits auf 60 Bände angewachsen war. Schiller versieht 1792 selbst eine neue deutsche Übersetzung des Pitaval von Friedrich Immanuel Niethammer (4 Bde., 1792–95) mit einer programmatischen Vorrede. Darin erläutert er die Absicht, den »allgemeinen Hang der Menschen zu leidenschaftlichen und verwickelten Situationen« nicht nur für die mittelmäßige Unterhaltung des Publikums, sondern für den »rühmlichen Zweck« der

Rechtsaufklärung zu nutzen (S. 106). Schiller knüpft damit an die europäische literarische Mode der Fallgeschichte an, die das Publikumsinteresse an wahren Geschichten mit didaktischen Absichten verbindet. Entstanden sind sie im Altertum als verdeutlichende, kommentierende Beispiele (*glossa ordinaria*) zum römischen Recht.

b) Literarische Analyse des Verbrechens

Natürlich gibt es in der Medizin wie vor allem in der Rechtskunde bereits seit dem 17. Jahrhundert zahlreiche Textsammlungen in der Tradition der *Histoires tragiques* (Halisch 1999; Breuer 2009). Jean Pierre Camus' *Les Spectacles d'horreur* (1630), Georg Philipp Harsdörffers *Grosser Schau-Platz jämmerlicher Mord-Geschichte* (1649) oder Alexander Smiths *The History of the Most Noted Highway-men Foot-pads, House-breakers, Shop-lifts, and Cheats* (1714) sind lediglich drei Beispiele aus unterschiedlichen Sprachen. Schiller ist diese europäische Vielfalt der Gattung sehr wohl bewusst, am Ende der Pitaval-Vorrede plädiert er dafür, künftig noch viele weitere Texte von »andern Schriftstellern und aus andern Nationen« (S. 107) aufzunehmen. Neu in der Aufklärung ist dabei das starke analytische Interesse am inneren Menschen und den »Annalen seiner Verirrungen« (S. 9), sei es im Falle der psychologisch-medizinischen oder der moralisch-kriminellen Abweichung von gängigen Normen. Fast gleichlautend fordern Abel und Schiller in ihren juristisch-psychologischen Fallsammlungen, »die Geseze der menschlichen Natur [...] aus dem innersten des Herzens« zu erklären (S. 57f.) bzw. »tiefere Blicke in das Menschen-Herz zu thun« (S. 106). Die *Ankündigung* der *Rheinischen Thalia* (1785) verspricht ergänzend, »die Magnetnadel an sein [des Menschen] Herz hinzuhalten« (NA 22, S. 95). In der Erzählung wird »der feinere Menschenforscher« entsprechend angehalten, die Wahrheit »in der unveränderlichen Struktur der menschlichen Seele, und in den veränderlichen Bedingungen, welche sie von außen bestimmten« (S. 9 und 11), zu suchen. Für diesen Ansatz einer Menschenforschung im poetischen Gewand hat sich der Begriff ›literarische Anthropologie‹ eingebürgert. Der Dichterarzt Schiller gilt mit seiner medizinischen Dissertation *Versuch über den Zusammenhang der thierischen Natur des Menschen mit seiner geistigen* (1780) sowie den *Philosophischen Briefen* (1786) als einer ihrer prominentesten Vertreter (Riedel 1985). Natürlich gehört das im gleichen Zeitraum entstandene Dramendebüt *Die Räuber* (1781) untrennbar mit zu diesem Ensemble. Mit der für das Stück angekündigten »dramatischen Methode, die Seele gleichsam bei ihren geheimsten Operationen zu ertappen«, und dadurch das Laster »mitsamt seinem ganzen innern Räderwerk« zu entfalten, fügt sich die *Räuber*-»Vorrede« zu den Einleitungen im *Verbrecher* und der Pitaval-Ausgabe. Zusammen ergeben die drei Vorbemerkungen eine Art anthropologischer Poetik des Verbrechens (Košenina 2005). Nicht zuletzt leistet sie so einen Beitrag zur neuen Disziplin der Kriminalpsychologie (Neumeyer 2004).

c) Erzählexperimente

Dem anthropologischen Interesse korrespondiert ein neues Darstellungsverfahren. Die »innere Geschichte des Menschen«, wie Friedrich von Blanckenburg das in seinem *Versuch über den Roman* (1774) nennt, verlangt pragmatisches Erzählen, d.h. kausales Begründen aller Veränderungen eines Charakters durch nachvollziehbare Ursachen. In seiner Erzählung, so fordert Schiller in der Vorrede, müssen wir den Helden »seine Handlung nicht bloß vollbringen, sondern auch wollen sehen. An seinen Gedanken liegt uns unendlich mehr, als an seinen Thaten, und noch weit mehr an den Quellen seiner Gedanken, als an den Folgen jener Thaten« (S. 11). Blanckenburg oder der Erzähltheoretiker Johann Jakob Engel (im Essay *Ueber Handlung, Gespräch und Erzehlung*, 1774) empfehlen dafür, Menschen nicht von außen zu schildern, sondern ihre Seele selbst zur Darstellung zu bringen. Bevorzugt soll das im Dialog geschehen, damit Figuren wie im Drama ihre eigene Sicht artikulieren können. Schiller berücksichtigt solche Vorschläge, neben Gesprächssequenzen im Präsens experimentiert er mit personalen Erzählperspektiven, erlebter Rede, Zeitwechsel von der Vergangenheits- in die unmittelbarere Gegenwartsform oder verlangsamtem Tempo, etwa in den Entscheidungssekunden vor dem Mord (Aurnhammer 1990). Mit diesen erstaunlich modernen Verfahren führt Schiller uns hautnah an das Geschehen heran. Eigentlich ist die Geschichte von hinten zu lesen, denn ihre Grundlage sind, wie in der sogenannten Schafottliteratur üblich (Willems 2002), die erst am Ende entstehenden Verhörprotokolle, wenn der human eingestellte gute Vater und Amtmann dem ›verlorenen Sohn‹ Gehör schenkt. Sein Geständnis wird dann von einem wenig sichtbaren Erzählerherausgeber in einer Weise neu arrangiert, dass Spannung entsteht, nichts vorweggenommen wird, die Ursachen und Steigerungen der Verbrechenslaufbahn sich Schritt für Schritt in psychologischer Folge vor unseren Augen entwickeln – im modernen Sinne zu einem Subjekt (Liebrand 2002; Hamacher 2006). Zugleich könnte nur so die geforderte »republikanische Freyheit des lesenden Publikums« gewahrt werden, »selbst zu Gericht zu sitzen« (S. 10) und eigene Urteile zu fällen, statt durch die Lenkung eines auktorialen Erzählers entmündigt zu werden.

d) Rechtswissen

Franz Moors versuchten Bruder- und Vatermord sowie seinen Suizid (in der Erstfassung) oder Raub, Brandschatzung und Notzucht der Räuber speist Schiller so wenig wie Christian Wolfs Verbrechen allein aus Sensationslust in die Literatur ein. Vielmehr geht es in beiden Werken auch um ein kritisches Bild reformbedürftiger Rechtszustände, mit denen er sich immer wieder beschäftigt (Lüderssen 2005). Verbrechensdarstellungen dieser Zeit, die sich etwa auch in Dramen, Balladen oder Anekdoten finden, folgen stets der doppelten Funktion von Literatur nach Horaz, nämlich zu unterhalten (*delectare*) sowie zu belehren und zu nützen (*docere, prodesse*). So wird Rechtswissen wie in einem trojanischen Pferd in das populäre Feld des Vergnügens geschoben, um dort fast unbemerkt Kritik und Reformen zu befeuern (Pethes 2005). Schiller, der 1774/75 vor der Medizin auch etwas Jurisprudenz studierte, spart in seiner Erzählung nicht mit solchen Impulsen. Er zeigt, wie die von der Landbevölkerung als Mutprobe und Kritik am fürstlichen Vergeltungsprinzip verstandene Wilderei, die erst durch jüngste Edikte unter Strafe gestellt wurde, am Beginn einer sich rasch steigernden Verbrechenskarriere steht. Er greift die zeitgenössische Diskussion über Gefängnisse, Strafmaß und Haftanstalten auf, befasst sich mit Problemen der Stigmatisierung, Geständniserzwingung und möglichen Begnadigung durch den Fürsten und verweist auf die komplexen Zusammenhänge von Abschreckung, Ehrlosigkeit (Infamie), Trotz, Rache, Reue und Versöhnung (Nutz 1998; Lau 2000; Müller-Dietz 2006; Bangert / Müller-Richter 2011; Nilges 2012). Rechtskenntnisse werden so ohne aufdringlich didaktischen Gestus vermittelt, die Geschichte bleibt dabei selbst ohne tiefere Einsicht in die juristischen Zusammenhänge spannend und verständlich. Entscheidend ist, so Schiller in der Pitaval-Vorrede, dass »die vielen R e c h t s k e n n t n i s s e« nicht anhand abstrakter Prinzipien vermittelt werden, sondern erst »durch die Individualität des Falls, auf den man sie angewendet sieht, Klarheit und Interesse erhalten« und so fasslich werden (S. 107).

e) Politik und Sozialgeschichte

Nicht nur die Kritik am Rechts- und Strafwesen machen die Erzählung auch zu einem politischen Text. Schon *Die Räuber* inszenieren einen für die Zeit erstaunlichen Abstieg in die niedere Welt der Schankbrüder, Gauner, Widerständler – auch sprachlich. Franz und Karl Moor versuchen auf gegensätzliche Art, Herrschaftsstrukturen zu sprengen, letztlich geht es ihnen um Anarchie und den Willen zu neuer, eigener Macht (Müller-Seidel 2009). Mit der *Verbrecher*-Erzählung kehrt Schiller in die – zur Entstehungszeit auch in Wirklichkeit brisante – Sphäre der Räuber zurück. Wieder ist ein Individuum in Rebellion gegen die Fürsten- oder Vaterwelt zu beobachten. Statt um Erbfolge (Franz Moor) oder Befreiungskampf (Karl Moor) geht es diesmal um die abgesprochene Ehre, also die Vergeltung des Staates gegenüber dem Gesetzesverstoß. Möglicherweise angeregt durch die *Thalia*-Fassung des *Verbrechers*, denkt Wilhelm von Humboldt 1791 (kurz vor Schillers Buchversion) über die *Ehrlosigkeit (Infamie) als eine Kriminalstrafe* nach (S. 103). Er erklärt das Recht des Staates, Bürgern bei Gesetzesverstößen die Ehre abzuerkennen und damit ihre Rechtschaffenheit in Frage zu stellen, besteht aber wie Schiller zugleich auf der Möglichkeit einer Wiedergutmachung und Rückgewinnung des entzogenen Vertrauens. Christian Wolf, in dessen Namen sich die geistig-tierische Doppelnatur des Menschen aus Schillers medizinischer Dissertation spiegelt, bleibt diese Rehabilitation verwehrt, er wird als ehrloser Delinquent hingerichtet. Das Räuberhandwerk wird nicht romantisiert, für einen großen Verbrecher erweist es sich sogar als untauglich. Erst die Umkehr qualifiziert den Helden für das Erhabene, durch sein aufrichtiges Geständnis auf dem Weg zum Schafott erlangt er wenigstens für den urteilenden Leser, um dessen »republikanische Freyheit« (S. 10) sich Schiller sorgt, einen Teil seiner Ehre zurück.

f) Kriminalliteratur

Die Behauptung, »Recht, Psychologie und Medizin kommen erst in Schillers Kriminalerzählung erstmalig zusammen« (Nilges 2012, S. 74), ist aus historischer Perspektive zu relativieren; das gilt auch für den Handbuchtopos von der mit Schiller beginnenden Gattungstradition. Tatsächlich ist *Der Verbrecher aus verlorener Ehre* für das Genre der Kriminalfallgeschichte seit der Aufklärung von zentraler Bedeutung. Diese Erzählung ist um 1780 aber weder als gerichtspsychologische Studie noch als ein zwischen Dokumentieren und Fabulieren angesiedeltes Experiment einzigartig. Die Voraussetzungen für die im avancierten Sinne des Erzählens neue Gattung schaffen (1) Fallsammlungen in der Tradition der *Histoires tragiques* und des Pitaval als stoffliche Basis, (2) rechtshistorische Fachschriften, angeführt von Cesare Beccarias juristischem Reformwerk *Über Verbrechen und Strafen* (*Dei delitti e delle pene*, 1764; dt. 1766) sowie (3) anthropologische und poetologische Studien wie Ernst Platners *Anthropologie für Aerzte und Weltweise* (1772), Moritz' *Magazin zur Erfahrungsseelenkunde* oder Blanckenburgs *Versuch über den Roman* (1774).

Schiller ist sich dieser Vorläufer, auf die auch frühe Kriminalerzähler wie August Gottlieb Meißner (ab 1778) oder Karl Müchler (1792) zurückgreifen (Alt 2000; Košenina 2007), genauestens bewusst. Einen Erfolg seiner Zeitschrift *Die Horen* kann er sich 1788 ohne »das Bizarre und Fremde«, etwa in

»Meissnerischen Dialogen«, kaum vorstellen (NA 25, S. 70). Der von Schillers Erzähler beanspruchte und historisch belegbare Perspektivwechsel vom kodifizierten Tat- zum sozial und psychologisch motivierten Täterstrafrecht (»Die Richter sahen in das Buch der Gesetze, aber nicht e i n e r in die Gemüthsfassung des Beklagten«, S. 14) ist in Meißners *Kriminalgeschichten* ebenfalls selbstverständlich: »so vergesse man auch nie den großen Unterschied zwischen g e s e z l i c h e r und m o r a l i s c h e r Zurechnung; zwischen dem Richter, der nach Thaten, und demjenigen, der nach dem Blick ins Innerste des Herzens urtheilt.« (1778, Meißner 2003, S. 10) Dass für beide auch der straffällige Mensch »ein Mensch war wie wir« (S. 10), bleibt bei Meißner bis in die Gegensätze der Titelformulierungen sichtbar, etwa in *Blutschänder, Feueranleger und Mörder zugleich, den Gesetzen nach, und doch ein Jüngling von edler Seele* (1778, Meißner 2003, S. 12–24). In Müchlers *Kriminalgeschichten* verhält es sich ganz ähnlich, hier kann man zudem die Leistung der variierenden Kompilation aus anderen Sammlungen beobachten (Müchler 2011). Schiller scheute vor solchen Autoren keineswegs zurück, nicht zuletzt, um ihnen »Kunstgriffe abzusehen« (S. 106). Über die offensichtlichen Anleihen bei Pitaval hinaus (*Don Karlos, Maria Stuart, Jungfrau von Orleans*) führte er Listen zu weiteren Adaptionen (Tekolf 2005).

Schiller entdeckt in dem neuen, populären Genre nicht nur ein Mittel, »R e c h t s k e n n t n i s s e« (S. 107) im Geiste der Aufklärung zu vermehren, sondern auch eine lukrative Einnahmequelle. Als Zeitschriftenherausgeber und schlecht bezahlter Autor ist er gezwungen, in Konkurrenz mit den »mittelmäßigen Scribenten und gewinnsüchtigen Verlegern« (S. 105) auf dem literarischen Markt zu bestehen (Martus 2005). Mit dem *Verbrecher aus verlorener Ehre* liefert er einen Text, der – mit einem Essay-Titel Walter Benjamins gefasst – dem entspricht, *Was die Deutschen lasen, während ihre Klas-*

siker schrieben (1932). Dem noch jungen Genre der Kriminalliteratur, das sich zur Novelle hin entwickelt (Neumann 1984), hat er damit einen wichtigen Dienst erwiesen. Schillers Text wurde vielfach nachgeahmt und als Vorbild genutzt.

7 Literaturhinweise

Alt, Peter-André: Schiller. Leben – Werk – Zeit. Bd. 1. München 2000. S. 467–522.

Aurnhammer, Achim: Engagiertes Erzählen: *Der Verbrecher aus verlorener Ehre.* In: Schiller und die höfische Welt. Hrsg. von A. A. [u. a.]. Tübingen 1990. S. 254–270.

Bangert, Sara / Müller-Richter, Klaus: »Nur Taten sind ihnen untertan«. Subjektkonstitution durch Geständnis und Bekenntnis in Schillers *Verbrecher aus verlorener Ehre.* In: Das Geständnis und seine Instanzen. Zur Bedeutungsverschiebung des Geständnisses im Prozess der Moderne. Hrsg. von Anders Engberg-Pedersen [u. a.]. Wien 2011. S. 271–292.

Bernhardt, Rüdiger: Erläuterungen zu Friedrich Schiller *Der Verbrecher aus verlorener Ehre.* Hollfeld 2008.

Brandstätter, Horst (Hrsg.): *Der Verbrecher aus verlorener Ehre. Eine wahre Geschichte* von Friedrich Schiller. Aufs Neue ans Licht geholt und mit Erläuterungen zum Dichter- und Räuberleben der republikanischen Freiheit des lesenden Publikums anheimgestellt. Berlin 1984.

Breuer, Ingo: Barocke Fallgeschichten? Zum Status der Trauer- und Mordgeschichten Georg Philipp Harsdörffers. In: Zeitschrift für Germanistik N. F. 19 (2009). S. 288–300.

Cusack, Andrew: »Der Schein ist gegen Sie«. Physiognomy and Honour in Schiller's *Der Verbrecher aus verlorener Ehre.* In: The Modern Language Review 101 (2006). S. 759–773.

Dainat, Holger: Der unglückliche Mörder. Zur Kriminalgeschichte der deutschen Spätaufklärung. In: Zeitschrift für deutsche Philologie 107 (1988). S. 517–541.

Halisch, Alexander: Barocke Kriminalgeschichtensammlungen. In: Simpliciana 21 (1999). S. 105–124.

Hamacher, Bernd: Geschichte und Psychologie der Moderne um 1800 (Schiller, Kleist, Goethe). »Gegensätzische« Überlegungen zum *Verbrecher aus Infamie* und zu *Michael Kohlhaas.* In: Kleist-Jahrbuch (2006). S. 60–74.

Huber, Martin: Schiller als Anthropologe. Anmerkungen zur Seelenmechanik im *Verbrecher aus Infamie*. In: Friedrich Schiller: *Verbrecher aus verlorener Ehre*. Mit Kommentaren von Heinz Müller-Dietz und M. H. Berlin 2006. S. 25–71.

Košenina, Alexander: Literarische Anthropologie. Die Neuentdeckung des Menschen. Berlin 2008. S. 53–84.

– Schiller und die Tradition der (kriminal)psychologischen Fallgeschichte bei Goethe, Meißner, Moritz und Spieß. In: Friedrich Schiller und Europa. Ästhetik, Politik, Geschichte. Hrsg. von Alice Stašková. Heidelberg 2007. S. 119–139.

– Species facti. Konradin Ludwig Abels amtlicher Bericht über die Gefangennahme des »Sonnenwirts« 1760. In: Jahrbuch der Deutschen Schillergesellschaft 56 (2012). S. 11–18.

– »Tiefere Blicke in das Menschenherz«. Schiller und Pitaval. In: Germanisch-Romanische Monatsschrift 55 (2005). S. 383–395.

Kronauer, Ulrich / Zeuch, Ulrike (Hrsg.): Schwerpunkt: Recht und Literatur um 1800. In: Internationales Archiv für Sozialgeschichte der deutschen Literatur 31 (2006). H. 1. S. 77–245. H. 2. S. 90–239.

Lau, Viktor: »Hier muß die ganze Gegend aufgeboten werden, als wenn ein Wolf sich hätte blicken lassen«. Zur Interaktion von Jurisprudenz und Literatur in der Spätaufklärung am Beispiel von Friedrich Schillers Erzählung *Der Verbrecher aus verlorener Ehre*. In: Scientia Poetica 4 (2000). S. 83–114.

Lehmann, Johannes: Erfinden, was der Fall ist. Fallgeschichte und Rahmen bei Schiller, Büchner und Musil. In: Zeitschrift für Germanistik 19 (2009). S. 361–380.

Liebrand, Claudia: »Ich bin der Sonnenwirth«. Subjektkonstitution in Schillers *Verbrecher aus verlorener Ehre*. In: Diskrete Gebote. Geschichte der Macht um 1800. Festschrift für Heinrich Bosse. Hrsg. von Roland Borgards und Johannes Friedrich Lehmann. Würzburg 2002. S. 117–129.

Ludwig, Ulrike: Von rottierenden Wildschützen und Jagdteufeln. Zum Kriminalisierungsprozess der Wilderei in der zweiten Hälfte des 16. Jahrhunderts. In: Repräsentationen von Kriminalität und öffentlicher Sicherheit. Bilder, Vorstellungen und Diskurse vom 16. bis zum 20. Jahrhundert. Hrsg. von Karl Härter [u. a.]. Frankfurt a. M. 2010. S. 195–222.

Lüdemann, Susanne: Literarische Fallgeschichten. Schillers *Verbrecher aus verlorener Ehre* und Kleists *Michael Kohlhaas*. In: Das Beispiel. Epistemologie des Exemplarischen. Hrsg. von Jens Ruchatz [u. a.]. Berlin 2007. S. 208–223.

Lüderssen, Klaus: »Daß nicht der Nutzen des Staats Euch als Gerechtigkeit erscheine«. Schiller und das Recht. Frankfurt a. M. / Leipzig 2005.

Luserke-Jaqui, Matthias (Hrsg.): Schiller-Handbuch. Leben – Werk – Wirkung. Stuttgart/Weimar 2005.

Marsch, Edgar: Die Kriminalerzählung. Theorie – Geschichte – Analysen. München ²1983. S. 133–150.

Martus, Steffen: Verbrechen lohnt sich. Die Ökonomie der Literatur in Schillers *Verbrecher aus Infamie*. In: Euphorion 99 (2005). S. 243–271.

Meißner, August Gottlieb: Ausgewählte Kriminalgeschichten. Mit einem Nachw. hrsg. von Alexander Košenina. St. Ingbert 2003.

Müchler, Karl: Kriminalgeschichten. Aus gerichtlichen Akten gezogen. Mit einem Nachw. hrsg. von Alexander Košenina. Hannover 2011.

Müller-Dietz, Heinz: Kriminalitäts-, Sozial- und Strafrechtsgeschichte in Schillers Erzählung *Verbrecher aus verlorener Ehre*. In: Friedrich Schiller: *Verbrecher aus verlorener Ehre*. Mit Komm. von H. M.-D. und Martin Huber. Berlin 2006. S. 25–71.

Müller-Seidel, Walter: Friedrich Schiller und die Politik. München 2009.

Neumann, Gerhard: Die Anfänge der deutschen Novellistik: Schillers *Verbrecher aus verlorener Ehre* – Goethes *Unterhaltungen deutscher Ausgewanderten*. In: Unser Commercium. Goethes und Schillers Literaturpolitik. Hrsg. von Wilfried Barner [u. a.]. Stuttgart 1984. S. 433–460.

Neumeyer, Harald: Unkalkulierbar unbewußt. Zur Seele des Verbrechers um 1800. In: Romantische Wissenspoetik. Die Künste und die Wissenschaften um 1800. Hrsg. von Gabriele Brandstetter und Gerhard Neumann. Würzburg 2004. S. 151–177.

Nilges, Yvonne: Schiller und das Recht. Göttingen 2012. S. 34–86.

Nutz, Thomas: Vergeltung oder Versöhnung? Strafvollzug und Ehre in Schillers *Verbrecher aus Infamie*. In: Jahrbuch der Deutschen Schillergesellschaft 42 (1998). S. 146–164.

Pethes, Nicolas: Vom Einzelfall zur Menschheit. Die Fallgeschichte als Medium der Wissenspopularisierung zwischen Recht, Medizin und

Literatur. In: Popularisierung und Popularität. Hrsg. von Gereon Blaseio [u. a.]. Köln 2005. S. 63–92.

Pfeiffer, Joachim: Die Freiheit des republikanischen Subjekts. Zu Schillers Erzählung *Der Verbrecher aus verlorener Ehre.* In: »Wahrheit, Sittlichkeit und Freiheit«. Schillers Aktualität in Schule und Hochschule. Herbolzheim 2006. S. 97–111.

Riedel, Wolfgang: Die Anthropologie des jungen Schiller. Zur Ideengeschichte der medizinischen Schriften und der *Philosophischen Briefe.* Würzburg 1985.

– (Hrsg.): Jakob Friedrich Abel. Eine Quellenedition zum Philosophieunterricht an der Stuttgarter Karlsschule (1773–1782). Mit Einl., Übers., Komm. und Bibliogr. Würzburg 1995.

Rosen, David: Die Annalen seiner Verirrungen. The Divided Narrative of *Der Verbrecher aus verlorener Ehre.* In: New German Review 10 (1994). S. 11–27.

Tekolf, Oliver (Hrsg.): Schillers Pitaval. Merkwürdige Rechtsfälle als ein Beitrag zur Geschichte der Menschheit. Verf., bearb. und hrsg. von Friedrich Schiller. Frankfurt a. M. 2005. S. 437–448.

Weber, Hermann: Der Sonnenwirt – der klassische Roman eines klassischen Kriminalfalls. In: Reale und fiktive Kriminalfälle als Gegenstand der Literatur. Hrsg. von H. W. Berlin 2003. S. 53–62.

Willems, Marianne: Der Verbrecher als Mensch. Zur Herkunft anthropologischer Deutungsmuster der Kriminalgeschichte des 18. Jahrhunderts. In: Aufklärung 14 (2002). S. 23–48.